쓰러져 가는 초가집에도 꽃나무 하나가 있으면 운치가 있어서
그림쟁이들이 그림이라도 그리고 싶어합니다. 하물며 그 집에
덕이 높은 사람이 살면 여러 사람이 그 집을 찾아오고,
신문사 사진반도 그 집을 사진 박습니다.

빨갛게 물든 손톱으로 보며

구름 간다. 구름 간다.

구름 속에 선녀 간다.

선녀 적삼 안고름에

울긋대정 향을 찼다.

꽃밭에서 말을 타니

말발굽에 향내 난다.

하는 노래를 부르지 않았소?

다시 읽는 이광수
소년의 비애

이광수 지음 / 서동현 그림

맑은소리

문학, 지성과 품성을 만드는 생명의 언어

허 병 두

서울 숭문고 교사
교육부 독서교육발전자문위원회 위원
EBS FM '책과의 만남' 진행자
'책으로 따뜻한 세상 만드는 교사들' 대표

문학작품은 우리네 삶을 들여다보는 거울이다. 그 거울은 작가의 예리한 통찰력과 풍부한 상상력으로 닦여져 읽는이의 눈을 예리하게 틔워 주고 그윽하게 만든다. '자, 세상은 이런 거야. 그리고 삶은 이렇게 사는 거야.' 빛나는 거울 속에서 퉁겨져 나온 언어들이 세상과 인생의 깊은 속내를 전해 준다. 때로는 깊은 생각에 턱을 고이게 하고, 때로는 격렬하게 가슴을 적셔오는 언어들…… 문학은 바로 이러한 언어들의 축제다.

그래서 문학작품은 영혼이 푸른 시절에 읽으면 더욱 좋다. 잔잔한 아침바다 위에 떠오른 해류들이 먼길을 떠날 채비를 서두르며 뒤척이듯이 문학작품은 삶이라는, 망망대해로 떠나가는 작은 조각배를 생기롭게 한다. '그래, 이쪽으로 가는 거야. 바로 여기가 삶의 보물이 묻혀 있는 곳이지.' 이처럼 문학작품은 푸른 영혼들의 삶에 방향을 제시하며 인생을 풍요롭게 해 준다.

우리 문학사에서 1920~30년대의 문학은 커다란 의미를 갖는다. 이 당시의 문학은 식민지 시대의 민족적 아픔 속에서 그 후의 현대 문학을 성숙하게 하는 역할을 하였다. 훌륭한 문인들이 속속 등장하여 민족의 영혼을 쓰다듬고 우리 문학의 앞길을 제시해 주었던 것이다. 특히 단편 문학의 뛰어난 성과는 책갈피를 넘길 때마다 눈길과 손길을 모두 멈추게 한다.

그런 측면에서 볼 때 이번에 더욱 알차고 새롭게 엮어져 나온 도서출판 맑은소리의 한국 대표작가 문학 선집 '다시 읽는 명작 시리즈'는 청소년들이 읽기에 안성맞춤이다. 명작이라고 그저 활자들의 감옥처럼 만들어 딱딱하고 고압적인 느낌이 들게 했던 종래의 책들과는 달리 이제 막 세상에 눈을 뜨는 청소년 독자들이 읽기 좋게 여러 모로 배려되어 있다. 1920~30년대의 문학작품들에서 출발하여, 앞으로 1920년 이전의 근대 문학부터 최근의 현대 문학에 이르기까지 계속해서 폭넓게 기획·출간될 이 시리즈는 특히 원전을 고스란히 살리되 해당 작가의 작품 세계를 대표하는 엄선된 작품들, 그리고 작품의 깊은 속내를 충분히 이해하고 즐길 수 있도록 그려진 삽화들 덕분에 책을 읽고 난 독자들은 그 작가의 나머지 작품세계까지도 파고들고 싶은 욕심이 날 듯싶다.

문학은 생존 이전에 인간이 지녀야 할 지성과 품성을 만들어 주는 생명의 언어들이다. 모쪼록 여러분의 삶을 늘 지켜 주고 밝혀 줄 생명의 언어들을 '다시 읽는 명작 시리즈'에서 만나기를 바란다. 여러분이 책갈피를 넘기며 만나게 되는 빛나는 언어들은 어느 험한 굽이에서 여러분을 굳게 잡아 줄 것이다.

• 일러두기 •

1. 이 책은 해당 작가의 대표적 작품을 중심으로 엮었으며, 작품의 전문을 수록하였다.
2. 표기는 원문의 느낌 전달 및 효과를 고려하여 가능한 한 원작에 충실을 기했다.
3. 그러나 작품 속에 나오는 방언이나 속언 중에서 올바른 의미 전달을 위해 꼭 필요하다고 생각된 단어는 현대 표기법을 따랐다.
4. 원문의 오자 및 띄어쓰기는 개정된 한글 맞춤법을 따랐고, 외래어도 현행 외래어 표기법을 따랐다.
5. 그 밖의 이해하기 어렵거나 현재 잘 사용하지 않는 단어는 괄호 안에 뜻풀이를 달았다.
6. 대화체와 인용은 " "로, 독백이나 생각·강조는 ' '로, 작품명이나 기타 제목은 〈 〉로, 책명은 《 》로, 잡지나 신문명은 『 』로 표시하였다.

다시 읽는 이광수
소년의 비애

차 례

소년의 비애

소년의
비애

1

난수(蘭秀)는 사랑스럽고 얌전하고 재조(才操; '재주'의 원말) 있는 처녀라. 그 종형(從兄; 사촌형) 되는 문호(文浩)는 여러 종매(從妹; 친사촌 누이동생)들을 다 사랑하는 중에도 특별히 난수를 사랑한다. 문호는 이제 18세 되는 시골 어느 중등정도학생(中等程度學生)인 청년이나, 그는 아직 청년이라고 부르기를 싫어하고 소년이라고 자칭한다. 그는 감정적이요, 다혈질인 재조 있는 소년으로 학교 성적도 매양 1, 2호(號)를 다투었다. 그는 아직 여자라는 것을 모르고 그가 교제하는 여자는 오직 종매들과 기타 4, 5인 되는 족매(族妹)들이라. 그는 천성이 여자를 사랑하는 마음이 있는지 부친보다도 모친께, 숙부보다도 숙모께, 형제보다도 자매께 특별한 애정을 가진다. 그는 자기가 자유로 교제할 수 있는 모든 자매들을 다 사랑한다. 그중에도 자기와 연치(年齒 ; 연세)가 상적(相適 ; 걸맞음. 서로 맞음)하거나 혹 자기보다 이하 되는 매(妹)들을 더욱 사랑하고, 그중에도 그 종매 중에 하나인 난수를 더욱 사랑한다. 문호는 뉘 집에 가서 오래 앉았지 못하는 성급한 버릇이 있건마는 자매들과 같이 앉았으면 세월 가는 줄을 모른다. 그는 자매들에게 학교에서 들은 바, 또는 서적에서 읽은 바 재미있는 이야기를 하여 자매들을 웃기기를 좋아하고 자매들도 또한 문호를 왜 그런지 모르게 사랑한다. 그러므로 문호가 집에 온 줄을 알면 동중(洞中)의 자매들이 다 회집(會集)하고, 혹은 문호가 간 집 자매가 일동을 청하기도 한다.

토요일 오후나 일요일 오전에는 으레 문호가 본촌(本村)에 돌아오고, 본촌에 돌아오면 으레 동중 자매들이 쓸어 모인다. 혹 문호가 좀 오는 것이 늦으면 자매들은 모여 앉아서 하품을 하여 가며 문호의 오기를 기다리고, 혹 그중에 어린 누이들 ——가령 난수 같은 것은 앞고개에 나가서 망을 보다가 저편 버드나무 그늘로 검은 주의(周依;두루마기)에 학생모를 잦혀 쓰고 활활 활개치며 오는 문호를 보면 너무 기뻐서 돌에 발부리를 채며 뛰어내려와 일동에

게 문호가 저 고개 너머 오더라는 소식을 전한다. 그러면
회집한 일동은 갑자기 희색이 나고 몸이 들먹거려 혹,

"어디까지 왔더냐?"

하는 자도 있고 혹,

"저 고개턱까지 왔더냐?"

하는 자도 있고, 혹 난수의 말을 신용치 아니하여,

"저것이 또 거짓말을 하는 게지."

하고 눈을 흘겨 난수를 보는 자도 있다. 학교에 특별한 일
이 있거나 시험 때가 되어 문호가 혹 아니 올 때에는 난수
가 고개에서 망을 보다가 거짓 보도를 한 적도 한두 번 있
는 까닭이다.

이러할 때에 자매들은 대문 밖에 나섰다가 웃으며 마주
오는 문호를 반갑게 맞는다. 어린 누이들은 혹 손도 잡고
매달리고, 혹 어깨에 올려 업히기도 하고, 혹 가슴에 안기
기도 하며, 좀 낫살 먹은 누이들은 얼른 문호의 손을 만지
고 물러서기도 하고, 조금 문호의 옷을 당기어 보기도 하
고, 혹 마주 보고 빙긋이 웃기만 하기도 한다. 난수도 작
년까지는 문호의 손에 매달리더니 금년부터 조금 손을 잡
아보고 얼굴이 빨개지며 물러서게 되고 작년까지 문호의
가슴에 안기던 연수(蓮秀)라는 난수의 동생이 손을 잡고
매달리게 된다. 그러고는 문호의 집에 몰려 들어가 문호

의 자친게 매달리며 어리광을 부린다. 문호는 중앙에 웃으며 앉고, 일동은 문호의 주위에 돌아 앉는다. 그러나 그네와 문호와의 자리의 거리는 연령에 정비례한다. 제일 나('나이'의 준말) 많은 누이가 제일 멀리 앉고 제일 나 어린 누이가 제일 가까이 앉거나 혹 문호의 무릎에 기대기도 하고 문호의 어깨에 걸어 엎디기도 한다. 문호는 이런 줄을 안다. 그리고 슬퍼한다. 이전에는 서로 안고 손을 잡고 하던 누이들이 차차차차 가까이 안기를 그치고 손을 잡기를 그치고 피차의 사이에 점점 다소의 거리가 생기는 것을 보고 문호는 슬퍼하였다. 무슨 까닭인지 모르나 자연히 비감한 생각이 남을 금하지 못하였다.

사십이 넘은 문호의 어머니는 그 어린 질녀(姪女)들을 잘 사랑하였다. 그는 문중에도 현숙하기로 유명하거니와 문호에게는 모범적 부인과 같이 보인다. 문호는 자기가 아는 부인들 중에 그 모친과 숙모(난수의 모친)를 가장 애경(愛敬)한다. 도리어 그 모친보다도 숙모를 더욱 애경한다. 그래서 4, 5세 적에는 꼭 숙모의 곁에 자려 하였다.

한번은 그 모친이,

"문호는 나보다도 동서를 따라!"

하고 시기 비슷하게 탄식한 적도 있었다.

그러나 지금은 문호는 모친과 숙모를 거의 평등하게 애

경한다. 그러나 친누이 되는 지수(芝秀) 보다도 종매 되는 난수를 더 사랑하였다.

문호의 종제(從弟) 문해(文海)도 문호와 막형막제한 쾌활한 소년이라. 종제라 하건만 문해는 문호보다 이십여 일을 떨어져 났을 뿐이라, 용모나 거동이 별로 다름은 없었다. 그러나 문해는 그 모친의 성격을 받아 문호보다 좀 냉정하고 이지적이라. 문호는 문해를 사랑하건만 문해는 문호의 감정적인 것을 싫어하였다. 그러므로 문호가 자매들 속에 섞여 노는 것을 항상 조소하고 자매들이 문호에게 취(醉)하는 것을 말은 못하면서도 항상 불만히 여겼다. 그러므로 문해는 자매계에 일종의 존경은 받으나 친애는 받지 못하였다. 문해는 자매들이 자기를 외경(畏敬)함으로 자기의 '젊지 아니하다'는 자랑을 삼고 문호에 비하여 인격이 일층 위인 것으로 자처하였다. 문호도 문해의 자기에게 대한 감정을 아주 모름은 아니나 이는 문해가 아직 자기를 이해하기에 너무 유치한 것이라 하여 그리 괘념치도 아니하였다. 이렇게 종형제간에 연치의 점장(漸長)함을 따라 성격의 차이가 생(生)하면서도 양인간에는 여전히 따뜻한 애정이 있었다. 무론(無論 ; 물론) 문호가 항상 문해를 더 사랑하고 문해는 문호에게 대하여 가끔 반감도 일으키건마는.

2

문호가 집에 돌아오면 문호의 모친은 혹 떡도 하고 닭
도 잡아 문호를 먹인다. 그러할 때에는 반드시 문해와 문
호를 따르는 여러 자매들도 함께 먹인다. 모친은 아랫목
에 앉고 문호와 문해는 윗목에서 겸상하고 자매들은 모친
을 중심으로 하고 좌우에 갈라 앉아서 즐겁게 이야기도
하고 혹 먹을 것을 서로 빼앗고 감추기도 하면서 방 안이
떠들썩하도록 떠들며 먹는다. 문호의 부친이 문 밖에서,
  "왜 이리 떠드느냐?"
하면 일동이 갑자기 말소리를 그치고 어깨를 움츠리다가
부친이 문을 열어 보고,
  "장꾼 모이듯 했구나."
하고 빙긋이 웃고 나가면 여전히 떠들기를 시작한다. 이
것을 보고 문호는 더할 수 없이 기뻐하건마는 문해는 양
미간을 찌푸린다. 그러할 때에는 난수도 웃고 지껄이기를
그치고 걱정스러운 듯이, 원망스러운 듯이 문해의 눈을
본다. 그러다가도 문호의 웃는 얼굴을 보면 또 웃는다. 이
러다가 식후가 되면 문호와 문해는 윗간에 올라가서 무슨
토론을 한다.
  그네의 토론하는 화제는 흔히 중국과 서양의 위인에 관

한 것이라. 여기도 두 사람의 성격의 차이가 드러난다. 문호는 이백(李白), 왕창령(王昌齡) 같은 중국 시인이나 톨스토이, 사옹(沙翁), 괴테 같은 서양 시인을 칭찬하되, 문해는 그러한 시인은 대개 인생에 무익한 뇌타자(懶惰者; 한없이 게으른 사람)라고 매도하고 공맹주자(孔孟朱子; 공자, 맹자, 주자)라든가 서양이면 소크라테스, 워싱턴 같은 사람을 찬송한다. 양인이 다 어떤 의미로 보아 문학에 뜻이 있는 것은 공통이었다. 그러나 문호가 미적·정적 문학을 애(愛)함에 반하여, 문해는 지적(知的)·선적(善的) 문학을 애한다. 즉, 문해는 문학을 사회를 교화하는 일방편으로 여기되, 문호는 꽤 분명하게 예술지상주의를 이해한다.

그러므로 문호는 문해를 유치하다 하고, 문해는 문호를 방탕하다 한다. 이러한 토론을 할 때에는 자매들은 자기네끼리 무슨 이야기를 한다. 실로 차동(此洞) 중에 양인의 담화를 알아듣는 사람은 양인 외에 없다. 부모들도 이제는 양인의 지식이 자기네들보다 승(勝)한 줄을 속으로는 인정한다. 더구나 자매들은 오직 국문소설을 읽은 뿐이라. 원래 문호의 당내(堂內; 팔촌 이내의 일가)는 적이 부요(富饒; 부유함)하고 또 대대로 문한가(文翰家; 대대로 문필가가 난 집안)라. 석일(昔日; 옛적)에는 여자들도 대개는 사서(四書)와 소학(小學), 열녀전, 내칙(內則 ; 내규) 같은 것을 읽더니 삼사 년 내로 점차 학풍이 쇠하여 근래에는 국문조차 불능해(不能解)하는 여자가 있게 되었다. 그러나 문호와 문해는 천생 문학을 좋아하여 그 자매들에게 국문을 가르치고 또 국문소설을 읽기를 권장하였다. 삼사 년 전에 문호가 그 자매들을 위하여 소설 일편을 작(作)하고 익년에 문해가 또 소설 일편을 작하였다. 그러나 자매간에는 문호의 소설이 더욱 환영되었고, 문해도 자기의 소설보다 문호의 소설을 추장(推獎 ; 추천하여 장려함)하여 자기의 손으로 좋은 종이에다가 문호의 소설을 베끼고 그 표지에 '김문호 저(著), 종제 문해 서(書)'라 하고 뚜렷하게 썼다.

문호의 부친도 이것을 보고 양인의 정의(情誼 ; 서로 사귀어 친해진 정)의 친밀함을 찬탄하고, 또 그 아들의 손으로 된 소설을 일독(一讀)하였다.

"이런 것을 쓰면 사람을 버리나니라."

하고 책망은 하면서도 15세 된 문호의 재주를 속으로 기뻐하기는 하였다. 그리고 과거제도가 폐(廢)하지 아니하였던들 문호와 문해는 반드시 대과에 장원급제를 할 것인데 하고 아깝게 여겼다.

3

　문호는 난수를 시인의 자질이 있다고 믿는다. 재미있는 노래나 시를 읽어 주면 난수는 무릎을 치며 좋아하고, 또 즉시 그것을 암송하며 유치하나마 비평도 한다. 문호는 이것을 기뻐하며 집에 돌아올 때마다 반드시 새로운 노래나 시나 단편소설을 지어 가지고 온다. 난수도 문호가 돌아올 때마다 이것을 기다린다. 그러나 문호의 친누이는 난수와 동갑이요, 재주도 있건마는 문호가 보기에 난수만큼 미를 감수(感受)하는 힘이 예민치 못하다. 그러므로 문호가,

　"애, 지수야. 너는 고운 것을 볼 줄을 모르는구나."

하고 경멸하는 듯이 말하면 지수는 얼굴이 빨개지며,

　"내야 아나, 난수가 알지."

하고 눈물 고인 눈으로 문호의 얼굴을 힐끗 본다. 이렇게 되면 문호도 지수의 우는 것이 불쌍하여 머리를 쓸며,

　"아니, 너도 남보다야 낫지. 그러나 난수가 너보다 더 낫단 말이지."

한다.

　과연 지수도 재주가 있다. 그러나 지수는 문호보다 문해와 동형(同型)이라. 말이 적고 지혜롭고 침착하고……

그러므로 지수는 문호보다도 문해를 사랑한다.

한번은 문호가 난수와 지수 있는 곳에서 문해더러,

"애, 문해야. 참 이상하구나. 난수는 나를 닮고 지수는 너를 닮았구나. 흥, 좋지. 한집에서 시인 둘하고 도덕가 둘이 나면 그 아니 영광이냐."

하였다.

문해도 지수의 머리를 쓸며,

"지수야, 너와 나와는 도덕가가 되자. 형님과 난수와는 시인이 되어 술주정이나 하고."

하고 일동이 웃었다. 더욱이 평생에 불만한 마음을 품던 지수는 이에 비로소 문호에게 대하여 나도 평등이거니 하는 위로를 얻었다. 그리고 문해에게 대한 사랑이 더욱 많아졌다.

다른 누이들 중에도 난수의 형 혜수(惠秀)가 매우 재주가 있다. 그는 차동 중 청년여자계에 문학으로 최선구자라. 국문소설을 유행케 한——말하자면 차문(此門) 중에 신문단을 건설한 자는 문호의 고모라. 그는 오래 외가에서 길러나는 동안에 내종(內從 ; 고종사촌) 제자(諸姉)의 영향을 받아 국문소설을 애독하게 되고 14세에 외가로서 올 때에 숙향전(淑香傳), 사씨남정기(謝氏南征記), 월봉기(月峰記) 같은 국문소설을 가지고 와서 동중 여러 처녀들에게 일변 국문을 가르치며 일변 소설을 권장하였다. 마침 문중에 존경을 받는 문호의 조모가 노년에 소설을 편기(偏嗜) 함으로 문호의 부친 형제의 다소한 반대도 효력이 없고 국문 문학의 세력은 점점 문호의 당내 여자계에 침윤(浸潤 ; 사상 등이 사람들에게 번져 나감) 하였다. 그러므로 문호와 문해의 집 부인네도 처음에는 국문도 잘 모르더니, 지금은 열렬한 문학애호자가 되었다. 그러나 그네는 며느리 된 몸이라 딸 된 자와 같이 자유롭지 못하므로 겨우 명절 때를 타서 독서할 뿐이요, 그 밖에는 누이들의 틈에 끼어서 조금씩 볼 뿐이었다.

이 모양으로 김문여자계(金門女子界)에 문학을 수립한 자는 문호의 고모로되, 그 고모는 출가한 지 삼 년이 못 하여 요절하고 문학계의 주권은 혜수의 손에 돌아왔더니 재작년 혜수가 출가한 이래로 문학계는 군웅할거(群雄割據)의 상태라. 그중에 문호의 재종매(再從妹 ; 육촌 누이) 되는 자가 가장 유력하나 그는 가세가 빈한(貧寒)하여 독서할 틈이 없고 그나마는 대개 재질이 둔하여 장족의 진보가 없고, 현재에는 지수와 난수가 문학계의 쌍태성(雙台星)이라. 그러나 난수는 훨씬 지수보다 감수성이 예민하다.

그래서 문호는 한사코 난수를 공부를 시키려 하건마는 문호의 계부는,

"계집애가 공부는 해서 무엇하게!"
하고 언하(言下)에 거절한다.

　문해도 난수를 공부시킬 마음이 없지 아니하건마는 워낙 냉정하여 열정이 없는데다가 또 부모의 명령에 절대로 복종하는 미질(美質;아름다운 성질 또는 바탕)이 있고, 난수 당자는 아직 공부가 무엇인지 모르므로 부모에게 간구(懇求)도 아니하여 문호 혼자서 애를 쓸 뿐이다. 그러므로,

　'내가 중학교를 마치고서 서울에 갈 때에는 반드시 지수를 데리고 가리라. 될 수만 있으면 난수도 데리고 가리라.'
하고 어서 명춘(明春)이 돌아오기만 기다린다.

　　4

　그해 가을에 16세 되는 난수는 모부가(某富家)의 15세 되는 자제와 약혼이 되었다. 문호가 이 말을 듣고 백방으로 부친과 계부에게 간(諫)하였으나 듣지 아니하였다. 그래서 문호는 난수에게,

　"애, 시집가기 싫다고 그래라. 명춘에 내 서울 데려다 줄 것이니."
하고 여러 말로 충동하였다. 그러나 난수는,

　"내가 어떻게 그러겠소. 오빠가 말씀하시구려."

한다.

　난수는 미상불 남자를 대하고 싶은 생각이 없지 아니하였다. 어서 혼인날이 와서 그 신랑 되는 자의 얼굴도 보고 안겨도 보았으면 하는 생각조차 없지 아니하였다. 난수는 지금껏 가장 정답게 사랑하던 문호보다도 아직 만나지 아니한 어떤 남자가 그립다 하게 되었다. 문호는 난수의 이 말에,

　"엑, 못생긴 것!"

하고 눈물이 흐를 뻔하였다. 그리고 아까운 시인이 그만 썩어지고 마는 것을 한탄도 하였다. 또 자기가 가장 사랑하던 누이를 어떤 사람에게 빼앗기는 것이 아깝기도 하고 분하기도 하였다. 마치 영국 시인 워즈워드가 그 누이와 일생을 같이 보낸 모양으로 자기도 난수와 일생을 같이 보냈으면 하였다.

얼마 있다가 신랑 되는 자가 천치라는 말이 들려온다. 온 집안이 모두 걱정하였다. 그러나 그중에 제일 슬퍼한 자는 문호라. 문호의 부친이 이 소문의 허실을 사실(査悉; 사실을 조사하는 것) 할 양으로 5, 60리 정도 되는 신랑가(家) 를 방문하여 신랑을 보았다.

그리고 돌아와서,

"좀 미련한 듯하더라마는 그래야 복이 있나니라."

하고 혼인은 아주 확정되었다. 그러나 전하는 말을 듣건댄 신랑은 논어 일행(一行) 을 삼 일에도 못 외운다는 둥, 코와 침을 흘리고 어른께도 '너, 나' 한다는 둥, 지랄을 부린다는 둥, 눈에 흰자위뿐이요 검은자위가 없다는 둥, 심지어 그는 고자라는 소문까지 들려서 문호의 조모와 숙모는 날마다 눈물을 흘리고 약혼한 것을 후회한다.

난수도 이런 말을 듣고는 안색에 드러내지는 아니하여도 조그마한 가슴이 편할 날이 없어서 혹 후원(後園)에 돌아가 돌을 던져서 이 소문이 참인가 아닌가 점도 하여 보고, 문호의 시키는 대로, '나는 시집가기 싫소' 하고 떼를 쓰지 아니한 것을 후회도 하였다.

문호는 이 말을 듣고 울면서 계부께 간하였다. 그러나 계부는,

"못한다. 양반의 집에서 한번 허락한 일을 다시 어찌한단 말이냐. 다 제 팔자지."

"그러나 양반의 체면은 잠시 일이지요. 난수의 일은 일생에 관한 것이 아니오니까. 일시의 체면을 위하여 한 사람의 일생을 희생한다는 것이 말이 됩니까."

하였으나 계부는 성을 내며,

"인력으로 못하느니라."

하고는 다시 문호의 말을 듣지도 아니한다. 문호는 그 '양반의 체면'이란 것이 미웠다. 그리고 혼자 울었다. 그날 난수를 만나니 난수도 문호의 손을 잡고 운다. 문호는 난수를 얼마 위로하다가,

"다 네가 약한 죄로다. 왜 내가 시키는 대로 하지 아니하였느냐."

하고 왈칵 난수의 손을 뿌리치고 뛰어나왔다.

그러나 문해는 울지 아니한다. 물론 문해도 난수의 일을 슬퍼하지 아님은 아니나, 문해는 그러한 일에 울 만한

열정이 없고 그 부친과 같이 단념할 줄을 안다. 그러나 문호는 이것은 그 계부가 난수라는 여자에게 대하여 행하는 대죄악이라 하여 그 계부의 무지무정함을 원망하였다. 이 혼인 때문에 화락(和樂)하던 문호의 집에는 밤낮 슬픈 구름이 가리었다.

5

혼인날이 왔다. 소를 잡고 떡을 치고 사람들이 다 술에 취하여 즐겁게 웃고 이야기한다. 동내(洞內) 부인들은 새 옷을 갈아입고 난수의 집 부엌과 마당에서 분주히 왔다갔다한다. 문호의 부친과 계부도 내외로 다니면서 내빈을 접대한다. 그러나 그 양미간에는 속일 수 없는 근심이 보인다. 문해도 그날은 감투에 갓을 받쳐 쓰고 분주한다. 그러나 문호는 두루마기도 아니 입고 집에 가만히 앉았다. 혼인날이라고 고모들과 시집간 누이들이 모여들어 문호의 집 안방에는 노소(老少) 여자가 가득히 차서 오래간만에 만난 반가운 정회(情懷 ; 생각하는 마음 또는 정과 회포)를 토로(吐露)한다. 늙은 고모들은 혹 눕기도 하고 젊은 누이들은 공연히 자리를 잡지 못하고 들어왔다 나갔다 한다. 마치 오랫동안 시집에 있어서 펴지 못하던 기운을 일시에 다 펴려는 것 같다. 가는 말소리, 굵은 말소리가 들리다가는 이따금 즐거운 웃음소리가 합창 모양으로 들린다. 그러나 문호는 별로 이야기 참례도 아니하고 한편 구석에 가만히 앉았다. 시집간 누이들과 집에 있는 누이들

이 여러 번 몰려와서 문호를 웃기려 하였으나 마침내 실패에 종(終)하였다. 문호의 어머니가 음식을 감독하다가 문호가 아니 보임을 보고 문호를 찾아와서,

"얘, 왜 여기 앉았느냐. 나가서 손님 접대나 하지그려. 어디 몸이 편치 아니하냐?"

하여도 문호는 성난 듯이 가만히 앉았다. 여기저기서 취한 사람들의 웃고 지껄이는 소리가 들릴 때마다 문호는 분노한 듯이 주먹을 부르쥐었다.

난수는 형들 틈에 앉았다가 시끄러운 듯이 뛰어나와 문호의 곁에 들어와 앉는다. 형들은 난수를 대하여, '좋겠구나', '기쁘겠구나', '부자라더라'…… 이러한 농담을 하였다. 그러나 난수는 이러한 농담을 들을 때마다 가슴을 찌르는 듯하였다.

난수는 문호의 어깨에 기대며 문호의 눈을 본다. 문호는 난수의 눈을 보았다. 그 눈에는 절망과 단념의 빛이 있는 듯하다. 그러나 난수는 다만 신랑이 천치라는 말에 근심이 되고 절망이 될 뿐이요, 이 사건에 대하여 어떠한 태도를 취할 줄을 모르고 다만 나는 불가불 천치와 일생을 보내게 되거니 할 뿐이라. 문호는 눈물을 난수에게 아니 보일 양으로 고개를 돌리며,

"아깝다. 그 얼굴에 그 재주에 천치의 아내 되기는 참

아깝고 절통하다."

하고 어느 준수한 총각이 있으면 그와 난수와 부부를 삼아 어디로나 도망을 시키리라 한다. 차라리 부모의 억제(抑制)로 마음 없는 곳에 시집가기보다는 자기의 마음 드는 남자와 도망하는 것이 마땅하다고 문호는 생각한다. 그러고 다시 난수를 보매 사랑스러운 마음과 불쌍한 마음과 아까운 마음과 천치 신랑이 미운 생각이 한데 섞여 나온다. 문호는 난수의 손을 힘껏 쥔다. 난수도 문호의 손을 힘껏 쥔다. 그리고 이빨로 가만히 문호의 팔을 물고 바르르 떤다. 문호는 무슨 결심을 하였다.

　신랑이 왔다. 신랑을 맞는 일동은 모두 다 낙심하고 고개를 돌렸다. 비록 소문이 그러하더라도 설마 저렇기야 하랴 하였더니, 실제로 보건댄 소문보다 더하다. 머리는 함부로 크고 시뻘건 얼굴이 두 뼘이나 길고 커다란 눈은 마치 쇠눈깔과 같고 커다란 입은 헤벌려서 걸쭉한 침이 턱에서 떨어진다. 문호의 숙모는 이 꼴을 보고 문호 집 안방에 뛰어들어와 이불을 쓰고 눕고 지금껏 웃고 떠들던 고모들과 누이들도 서로 마주 보기만 하고 아무 말도 없다. 다만 문호의 부친 형제와 문해가 웃을 때에는 웃기도 하면서 여전히 내빈을 접하고 동내(洞內) 부인네와 남자들이 분주할 뿐이요, 양가 가족들은 모두 다 낙심하여 앉앗다. 문호는 한참이나 신랑을 보다가 집에 뛰어들어와 난수를 보고 눈물을 흘렸다. 난수는 문호의 등에 얼굴을 대고 운다. 문호는 저고릿등이 눈물에 젖어 따뜻함을 깨달았다. 이때에 혜수가 와서 난수를 안아 일으키며,

"애, 난수야. 오라비 두루마기 젖는다. 울기는 왜 우느냐, 이 기쁜 날."

하고 난수를 달랜다. 난수는 속으로,

'흥, 제 서방은 얼굴도 똑똑하고 사람도 얌전하니깐.'

하였다.

과연 혜수의 남편은 얼굴이 어여쁘고 얌전도 하였다. 아까 그가 신랑을 맞아들여 갈 때에 중인(衆人 ; 뭇사람)은 양인을 비교하고 혜수와 난수의 행불행(幸不幸)을 생각지 아니한 자가 없었다. 난수가 처음에 기다리던 신랑은 혜수의 신랑과 같은 자 또는 문호나 문해와 같은 자러라.

밤이 왔다. 문호는 어디서 돈 오 원을 구하여 가지고 가만히 난수에게,

"애, 이제 나하고 서울로 가자. 이 밤차로 도망하자. 가서 내가 공부하도록 하여 주마."

하였다.

그러나 난수는 문호의 말에 다만 놀랄 뿐이요, 응할 생각은 없었다.

'서울로 도망!'

이는 못할 일이라 하였다. 그래서 고개를 흔들었다. 문
호는,

"애, 이 못생긴 것아. 일생을 그 천치의 아내로 지낼 터
이냐."

하며 팔을 끌었다. 그러나 난수는 도망할 생각이 없다. 문

호는 울어 쓰러지는 난수를 발길로 차며,

"죽어라, 죽어!"

하고 꾸짖었다. 그리고 외따른 방에 가서 혼자 누웠다.

혜수의 신랑이 들어와,

"자, 나하고 자세."

하고 문호의 곁에 눕는다. 문호는 또 난수의 신랑과 혜수의 신랑을 비교하고 난수를 불쌍히 여기는 정이 격렬하여진다. 그리고 혜수의 신랑의 아름다운 얼굴과 자기의 얼굴의 아름다움을 자랑하는 듯하는 웃음을 보고 문호도 빙긋이 웃는다. 혜수의 신랑은,

"여보게, 그 신랑이란 자가…… ."

하고 웃음이 나와서 말을 이루지 못하면서 겨우,

"내가 떡을 권하였더니 먹기 싫다고 밥상을 발길로 차데그려. 그래 방바닥에 국이 쏟아지고…… ."

하면서 자기의 젖은 바지를 보이며 웃는다. 문호도 그 쇠눈깔 같은 눈을 희번덕거리며 발길로 차던 모양을 상상하고 웃음을 금치 못하였다.

혜수의 신랑도 혜수에 비기면 열등하였다. 그는 지금 17세이나 아직 사숙(私塾 ; 글방)에서 맹자를 읽을 뿐이라 도저히 혜수의 발랄한 상상력과 취미에 기급(企及 ; 이루고자 꾀하는 일)치 못할뿐더러 혜수의 정신력이 자기보다 우

월한 줄도 이해하지 못하는 아직 유취소아(乳臭小兒)였다. 그러므로 혜수도 부(夫)에게 대하여 일종 모멸하는 감정을 가진다. 그러나 문호나 혜수나 다 같이 그의 용모의 미려함과 성질의 온순영리(溫順怜悧)함을 사랑한다.

이튿날 아침에 문호는 계부의 집에 갔다. 아랫방 아랫목에 난수가 비단옷을 입고 머리를 쪽지고 앉은 모양을 문호는 말없이 물끄러미 보았다. 난수는 얼른 문호의 얼굴을 보고 고개를 돌린다. 문호는 그 비단옷과 머리의 변한 것을 볼 때에 형언치 못할 비애와 혐오를 깨달았다. 난수가 작야(昨夜)에 저 천치와 한자리에 잤는가, 혹은 저 천치에게 처녀를 깨뜨렸는가 생각하매 비분(悲憤)한 눈물이 흐르려 한다. 난수의 주위에 둘러앉았던 고모들과 누이들은 문호의 불평(不平)하여 하는 안색을 보고 웃기와 말하기를 그친다. 지수는 문호의 팔을 떼밀치며,

"오빠는 나가시오."

한다. 난수도 문호의 심정을 대강은 짐작한다. 그러나 문호는 입술로 '쩝쩝' 하는 소리를 내며, 난수의 돌아앉은 꼴을 본다. 그리고 속으로 '아아, 만사휴의(萬事休矣 ; 모든 일이 헛수고로 돌아감)로구나' 한다. 왜 저렇게 어여쁘고 얌전하고 재주 있는 처녀를 천치의 발 앞에 던져 주어 지르밟히게 하는가 생각하매 마당과 방 안에 왔다갔다하

는 인물들이 모두 다 난수 하나를 못 되게 만들고 장난감을 삼는 마귀의 무리들같이 보인다. 힘이 있으면 그 악한 무리들을 온통 때려부수고 그 무리들의 손에서 죽는 난수를 구원하여 내고 싶다. 문호의 눈에 난수는 죽은 사람이로다. 이런 생각을 할 때에는 지수는 또 한 번,

"어서 오빠는 나가셔요!"

하고 떼밀친다.

그제야 비로소 난수를 보던 눈으로 지수를 보았다. 지수의 눈에는 사랑과 자랑의 빛이 보인다. 문호는 지수나 잘 되도록 하리라 하고 나온다.

나와서 바로 집으로 오려다가 혜수의 신랑한테 끌려 신랑방으로 들어갔다. 혜수의 신랑은 신랑의 우스운 꼴을 구경하려고 문호를 끌고 들어가는 것이라. 신랑방에는 소년들이 많이 모였다.

혜수의 신랑이 신랑의 곁에 앉으며,

"조반 자셨나?"

하고 인사를 한다. 신랑은 침을 질질 흘리며 헤 하고 웃는다. 그래도 어저께 자기를 맞던 사람을 기억하는구나 하고 문호는 코웃음을 하였다. 곁에서 누가 문호를 신랑에게 소개한다.

"이 이가 신랑의 처종형일세."

그러나 신랑은 여전히 침을 흘리며 다만 '처종형?' 하고 문호의 얼굴을 본다. 그 눈이 마치 죽은 쇠눈깔같이 보여 문호는 구역이 나서 고개를 돌렸다. 그리고 속으로,

'아아, 저것이 내 난수의 배필!'

하였다.

6

익년춘(翌年春 ; 이듬해 봄)에 문호는 동경으로 유학을 갔다가 이태 되는 여름에 집에 돌아왔다. 그러나 앞 고개 에는 이미 난수의 나와 맞음이 없고 대문 밖에는 웃고 맞 아 주던 자매들이 보인다. 문호가 동경 갈 때에 10여 세 되던 자매들이 지금은 12, 3세의 커다란 처녀가 되어 역 시 반갑게 문호를 맞는다. 그러나 그 처녀들은 결코 문호 의 친구가 아니러라.

문호는 방에 들어가 이전 앉던 자리에 앉는다. 그리고 처녀들도 이전 모양으로 문호를 중심으로 하고 둘러앉는 다. 그 어머니는 여전히 닭을 잡고 떡을 만들어 문호와 문 해와 둘러앉은 처녀들을 먹인다. 그러나 삼 년 전에 있던 즐거움은 영원히 스러지고 말았다. 문호는 울고 싶었다. 그러나 삼 년 전과 같이 눈물이 흐르지 아니한다. 문호는

마주 앉은 문해의 까맣게 난 수염을 본다. 그리고 손으로 자기의 턱을 쓸며,

"문해야, 우리 턱에도 수염이 났구나."

하며 턱 아래 한 치나 자란 외대(나무나 풀의 단 한 대) 수염을 툭툭 잡아채며 웃는다. 문해도 금석(今昔 ; 오늘과 옛적)의 감을 금치 못하면서 코 아래 까맣게 난 수염을 만진다. 처녀들도 양인이 수염을 만지는 것을 보고 웃는다. 그러나 그네는 양인의 뜻을 모른다.

모친은 어린아이 둘을 안아다가 문호의 앞에 놓는다. 물끄러미 검은 양복 입은 문호를 보더니 토실토실한 팔을 내어두르고 으아 하고 울면서 모친의 무릎으로 기어간다.

모친은 두 아이를 안으면서,

"이 애들이 벌써 세 살이 되었구나."

한다. 문호는 하나이 자기의 아들이요, 하나이 문해의 아들인 줄은 아나, 어느 것이 자기의 아들인 줄을 몰라 우두커니 우는 아이들을 보고 앉았다가 자탄하는 모양으로,

"흥, 우리도 벌써 아버질세그려. 소년의 천국은 영원히 지나갔네그려."

하고 웃으면서도 눈에는 눈물이 고인다. 가만히 문호를 보고 앉았던 모친의 얼굴에도 전보다 주름이 많게 되었다.

문호는 정신없는 듯이 모친만 보고 앉았다. 집 앞 버드
나무에서는 '꾀꼬리오' 하고 소리가 들린다.

육장기

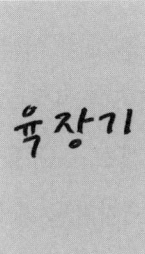

육장기

○○군.

나는 이 집을 팔았소. 북한산 밑에 육 년 전에 지은 그 집 말이오. 오늘이 집값 끝전을 받는 날이오. 뻐꾸기가 잔지러지게 우오. 날은 좀 흐렸는데도 무성한 감잎사귀들은 솔솔 부는 하지 바람에 번뜩이고 있소. 오늘이 음력으로 오월 삼일, 모레면 수리(단오)라고 이웃집 계집애들이 아카시아 나무에 그네를 매고 재깔대고 있소. 모레가 하지. 벌써 금년도 반이 되고 양기는 고개에 올랐소. 잠자리가 난 지는 ──벌써 오래지마는 수일 내로는 메뚜기들이 칠칠 날고, 밤이면 풀 속에 벌레 소리들이 들리오. 아이들이 여치를 잡으러 다니오.

이 편지를 쓰고 앉았을 때에 어디서 청개구리가 개굴개굴 소리를 지르오. 저것이 울면 비가 온다고 하니 한 소나기 흠씬 쏟아졌으면 좋겠소. 모두들 모를 못 내어서 걱정이라는데, 뜰에 화초 포기들도 수분이 부족하여서 축축 늘어진 꼴이 가엾소.

지금이 오전 아홉 시, 아마 이 집을 산 사람이 돈을 가지고 조금만 더 있으면 올 것이오. 내가 그 돈을 받고 나면 이 집은 아주 그 사람의 집이 되고 마는 것이오.

엿장수 가윗소리가 뻐꾸기 소리에 반주를 하는 모양으

로 들려오오. 내가 이 집에 있으면서 엿을 잘 사 먹기 때문에 엿장수들이 나 들으라고 저렇게 가위를 딱딱거리는 것이오.

엿장수가 지금 우리 대문 밖에 와서 자꾸 가윗소리를 내이오. 아마 내가 낮잠이 들었다 하더라도 깨라는 뜻인가 보오. 그러나 나는 오늘 엿을 살 생각이 없소. 흥이 나지 아니하오. 엿장수는 최후로 서너 번 크게 가윗소리를 내이고는 가 버리고 말았소.

어디서 닭이 우는 소리가 들리오. 앞 개천에 빨랫방망이 소리도 들리오. 담 밖에 밤꽃 냄새가 풍기오.

내가 이 집을 지은 것이 금년까지 육 년째요. 육 년이 잠깐이지마는 내 지나간 사십팔 년의 육분지 일이라고 하면 결코 짧은 동안은 아니오. 게다가 마흔세 살부터 마흔여덟 살 되는 여름까지라면, 내 일생의 상당히 중요한 시기를 이 집에서 보낸 셈이오. 그 동안 줄곧 이 집에 산 것은 물론 아니오. 일 년 동안 문안에서 살았고, 또 일 년 남짓은 감옥과 병원에서 살았으니, 실상 이 집에 내 몸을 담아서 산 것은 사 년밖에 안 되는 것이오. 그러나 평생 집이라고 가져본 뒤로부터 이 집이 가장 내가 사랑하는 집이었다 할 수 있는 곳에, 이 집에 대한 특별한 인연이 있는 것이오.

내가 이 집을 짓던 해는 내 평생에 가장 암혹한 시기 중에 하나였소. 내 어린것이 불행하게 세상을 떠난 것이나, 내가 평생을 바쳐 보려던 사업이 모두 실패에 돌아간 것이 이 해였소. 그뿐 아니라, 나는 정신적으로 모든 희망을 잃어버려서 이제 내가 인생에 아무것도 바라는 것도 없고, 할 것도 없으니, 이것이 내가 죽을 때가 된 것이 아닌가 하도록 나는 막막한 심경에 빠져 있었소. 내가 사랑하고 믿던 이들까지 다 나를 뿌리치고 가 버린 듯하여서 나는 음침한 죽음의 근로에 혼자 버림이 된 혼령과 같이 붙일 곳이 없었소.

이런 심경에서 나는 아주 세상을 떠나 버릴 생각을 하였던 것은 그대도 잘 아는 일이 아니오? 나는 아무도 모르게 산에 들어 일생을 마칠 결심으로 금강산으로 달아났던 것 아니오? 나는 거기서 며칠 지나서는 오대산으로 가려 하였었소. 오대산에를 간다고 방한암 같은 이를 찾아서 도를 배우자는 것이 아니라, 그저 깊이깊이 산을 들어가서 세상을 잊고 또 세상에서 잊어버림이 되자는 것이오. 그때 한 가지 희망이 있었다 하면 제 죄를 뉘우치는 생활을 하여서 내가 평생에 해를 끼친 여러 중생, 은혜를 진 여러 중생을 위하여서 복을 빌자는 것뿐이었소.

그러나 내 인연은 아내와 어린것들의 손을 빌려서 나를

도로 이 세상으로 끌어오게 하였소. 이 모양으로 끌려와
서 시작을 한 것이 이 집을 짓는 일이었소.

 이 집 역사를 할 때에 내 생각은 여기서 평생을 보내리
라 하는 것이었소. 변변치 못하나마 문필로 먹을 것을 벌
어서 이 집에서 죽는 날까지 살자 하는 것이었소. 그래서
나는 애초에 초가집을 짓고, 감밭을 장만하려 하였소. 내
원고가 밥이 안 되는 경우면 감 농사로 살아가자는 것이
오. 그리고 내 아내는 닭을 치기로 하여 양계하는 책을 두

서너 권이나 사들여서 열심으로 양계 공부를 하였소. 이 모양으로 세상에 나가 다닐 생각을 끊고 숨어서 살자 하는 것이 이 집을 지으려는 동기였었소.

그랬던 것이 어떤 협잡꾼 청부업자를 만나서 싸게 지어 준다는 바람에 초가집 계획을 버리고 기와집을 짓게 된 것인데, 이것이 잘못이야. 예산이 엄청나게 많이 들어서, 감밭을 사고 양계장을 마련할 돈이 없어졌을뿐더러, 이 집이 기와집이기 때문에 탐내는 이가 많아서 마침내 이 집을 팔게 되었단 말이오.

만일 이 집이 조그마한 초가집이더면 이번에 이 집을 산 이도 살 생각을 아니 내었을 것이니, 작자 없는 동안 이 집은 내 집으로 남았을 것이 아니오? 우스운 말 같으나 이것은 농담이 아니라 진정이고 사실이오.

어찌하였으나 나는 이제 기껏 버티어야 앞으로 이 주일 밖에는 이 집에서 살 수는 없이 되었소.

육 년간 추억 많은 이 집을 떠나게 되매 지나간 동안이 새로워져서 그대에게 이 편지를 쓰게 된 것이오.

이 집 역사가 아직 다 끝나기 전에 올연선사(兀然禪師)가 나를 찾아왔소. 그는 일주일간이나 소림사(少林寺)에 유숙하면서 나를 위하여서 날마다 법을 설하였소.

이보다 전에 아직 이 집터를 만들 때에 운허법사(耘盧

法師)가 법화경(法華經) 한 질을 몸소 져다 주셨는데, 이 법화경을 날마다 읽기를 두어 달이나 한 뒤에 올연선사가 오신 것이오.

운허, 올연 두 분은 물론 서로 아는 이이지마는 내게 온 것은 서로 의논이 있어서 오신 것은 아니오. 그야말로 다 생의 인연으로, 부처님의 위신력, 자비력으로 내게 오신 것만을 나는 믿소.

또 이보다 수개월 전에 나는 금강산에서 백성욱사(白性郁師)를 만나서 삼사 일간 설법을 들을 기회를 얻었소.

또 이보다 십이삼 년 전에 영허당(暎虛堂) 석감노사(石嵌老師)와 금강산 구경을 갔다가 신계사 보광암(神溪寺 普光庵)에서 비를 만나 오륙 일 유련하는 동안에 불탁에 놓인 법화경을 한 벌 읽은 일이 있는데, 이것이 법화경에 대한 이생에서의 나의 첫 인연이었고, 또 그 전해에 아내와 같이 춘해(春海) 부처와 같이 석왕사(釋王寺)에서 여름을 날 때에 화엄경을 읽은 일이 있었소. 또 우연하게 금강경(金剛經), 원각경(圓覺經)을 한 질씩을 사 둔 일이 있었는데, 이 집을 짓던 해 봄에 그것을 통독하였소.

이 모양으로 이 집에 와서부터 법화경을 주로 해서 불경을 읽게 되었소. 여덟 살 먹은 어린 아들의 참혹한 죽음이 더욱 나로 하여금 사람이 무엇인가? 어찌하여서 나는

가? 죽음이란 무엇이며, 죽어서는 어찌 되는가? 하는 문제
를 아니 생각할 수 없이 하였소. 그러므로 나는 내 죽은
아들 봉근(鳳根)도 나를 불도에 끌어들이기 위하여서 다
녀간 것이라고 믿소.

관세음보살이, 혹은 비가 되시와 나로 하여금 보광암에
오륙 일 유련하게 하시고, 혹은 아들이 되어, 혹은 운허법
사, 올연선사가 되시와 길 잃은 나를 인도하신 것이라고
믿소.

또 예수께서도 그러하시었다고 믿소.

내가 신약전서를 처음 보기는 열일곱 살 적 동경 명치
학원(明治學院) 중학부 3년생으로 있을 때인데, 그 후 삼
십여 년간 날마다 다 읽었다고는 못하여도 내 책상머리나
행리(行李 ; 행장(行裝). 여행할 때 쓰이는 모든 기구)에 성
경이 떠난 적은 없었거니와, 이것이 나를 불도로 끌어넣
으려는 방편이었다고 믿소.

아무려나 나는 이 집을 지은 육 년 동안에 법화행자가
되려고 애를 썼소. 나는 민족주의 운동이라는 것이 어떻
게 피상적인 것도 알았고, 십수년 계속하여 왔다는 도덕
적 인격 개조운동이란 것이 어떻게 무력한 것임을 깨달았
소. 조선사람을 살릴 길이 정치 운동에 있지 아니하고 도
덕적 인격 개조운동에 있다고 인식하게 된 것이 일단의

진보가 아닐 수 없지마는, 나 스스로의 경험에 비추어서 신앙을 떠난 도덕적 수양이란 것이 헛것임을 깨달은 것이오. 내 혼이 죄에서 벗어나기 전에 겉으로 아무리 고친다 하더라도 그것은 의식에 불과하다고 나는 깨달았소.

스물여덟 살 되는 겨울에 나는 도덕적으로 내 인격을 개조하리라는 결심을 하고 마흔세 살 되는 봄, 내 어린 아들이 죽을 때까지 십오 년간 나는 이 개조생활을 계속하노라 하여 거짓말을 삼가고, 약속을 지키고, 내 책임을 중히 여기고, 나 개인을 위하여서 희생하고, 남을 사랑하고, 존중하고, 몸가짐을 똑바로 하고, 이러한 공부들을 계속하노라고 하였으나, 스스로 돌아보건대, 제 마음속은 여전히 탐욕의 소굴이어서 십오 년 전의 내가 그 더러움에 있어서, 그 번뇌에 있어서 조금도 다름이 없음을 발견하였고, 앞으로 살아나아갈 인생에 대하여 아무 자신도 광명도 없음을 스스로 의식할 때에 나는 자신에 대하여 역정이 나고 말았소.

문학을 하노라 하여서 소설 권이나 썼소. 사상가 자처하고 논문 편도 썼고, 지도자를 자처하고 나보다 젊은 남녀들에게 훈계 같은 말까지도 수천만 어를 하였소. 그러나 홀로 저를 볼 때에,

"이놈아, 네 발부리를 좀 보아!"

하는 탄식이 아니 날 수가 없었소.

이러다가 나는 법화경을 읽는 자가 된 것이오.

이 집에 온 후로 육 년간 날마다 법화경을 읽는 자가 된 것이오.

그러면 지나간 육 년 동안에 얼마나 마음이 깨끗하여졌느냐, 그대는 그렇게 물으시겠지요. 지금 너는 전보다 얼마나 나은 네가 되었느냐, 이렇게 물으실 때에, 그대는 아마 내게 대하여 일종의 경멸과 비웃음을 느끼시리라.

글쎄, 별것 없지요. 별로 달라진 것 없지요. 나는 육 년 전이나 지금이나 마찬가지 더러운 중생이겠지요. 예와 같은 탐욕과 예와 같은 질투와.

그러나 사랑하는 그대여! 하나 달라진 것은 있소. 지금 나는 부처를 향하고 걸어가느니라 하는 믿음 말이오. 못나고 추악한 범부(凡夫 ; 번뇌에 얽매이어 생사를 초월하지 못하는 사람)이기는 육 년 전이나 지금이나 마찬가지이지마는, 전에는 나는 언제까지나 이런 사람이고 마느니라 하던 것이 지금에는, 나는 장차 완전한 성인이 되느니라 하고 스스로 꽉 믿게 된 것이오.

"네가 어떻게 성인이 되느냐? 너 같은 것이 어떻게 부처님이 되느냐?"

하고 그대가 물으시면 나는 이렇게 대답하겠소.

"부처님 말씀이 나도 성인이 된다고 하셨다. 법화경을 읽노라면 언제 한 번은 성인이 된다 하셨다. 나는 이 말씀을 믿고 그저 법화경을 읽을란다."

그러나 그대가,

"나 보기에는 네가 육 년 전보다 성인에 가까워진 것 같지 않다."

그러시겠지.

내가 보아도 그러하긴 그렇소. 그러나 나는 믿소. 나는 이렇게 평생에 법화경을 읽는 동안에 얼굴과 음성도 아름다워지고, 몸에 빛이 나서 '衆生樂見, 如慕賢聖' 하게 되고, 몸에 병도 없어지고, 마침내는 나고 살고 죽고 하는 것을 마음대로 하여서 삼십이 응신(應身 ; 법신(法身)·보신(報身)과 함께 부처의 삼신(三身) 중의 하나. 중생을 구제하기 위하여 부처의 가르침을 받아들일 수 있는 중생의 능력 정도에 따라 여러 가지 모습으로 이 세상에 나타난 부처의 몸), 백천만억 하신(河神 ; 하백(河伯). 물을 맡아 다스린다는 신)을 나토아('나타내어' 라는 뜻의 옛말) 중생을 건지는 대보살이 되고, 마침내는 십호구족한 부처님이 되어서 삼계(三界 ; ① 천계·지계·인계 ② 중생이 사는 세계. 즉, 욕계·색계·무색계. 삼유(三有) ③ 불계·중생계·심계 ④ 삼세(三世). 즉, 과거·현재·미래) 사생(四生 ; 태생(胎生)·난생(卵

生) · 습생(濕生) · 화생(化生) 등 생물의 네 가지 생식 상태)
의 모든 중생의 자부가 되느니라고.

그날이 언제냐고? 오늘부터지요. 또는 무량겁(無量劫;
헤아릴 수 없는 긴 시간. 끝이 없는 시간) 되겠지요.

집값을 다 받았소. 닷새 뒤면 내가 이 집을 아주 떠나기
로 되었소. 동네 사람들이 왜 이 집을 팔았느냐고, 아깝지
아니하냐고 그러오. 그렇게 애를 써서 지은 집을 왜 팔았
느냐고, 그렇게 사랑하던 집을 왜 팔았느냐고. 게다가 너
무 값을 적게 받았다고, 또 서로 정이 들었는데, 또 떠나
게 되니 섭섭하다고 그러오. 다들 고마운 사람들이오.

"집보다 더한 몸뚱이도 때가 되면 버리고 가는걸요."

나는 웃고 이렇게 대답하였소.

실상 한집에 한평생 사는 사람은 심히 팔자가 좋은 사
람이오. 한 번 이사하는 것이 한 번 화재 당하는 것과 같
다고 하는데, 그것은 다만 경제적 손해만을 가리킨 것이
아니라고 생각하오. 마음이 설렁하게 들뜨는 것이 큰 타
격인가 하오.

더구나 떠나갈 데를 미리 장만해 놓지 아니하고, 있던
집을 먼저 팔아 버린 때에 마음이 괴로움은 여간이 아니
오. 게다가 제 집 한 칸 없이 셋집 셋방으로 돌아다녀서
여기서 쫓겨나고, 저기서 쫓겨나고 하는 심사는 실로 비

길 데 없이 괴로울 것이오. 한층 더 떨어져서 셋방을 얻을 힘이 없어서 남의 집 행랑, 곁방으로 식구들과 누더기 보퉁이를 끌고 다니지 아니하면 아니 될 신세야 말해서 무엇하겠소? 그것은 차라리 천지로 집을 삼고 홀몸으로 돌아다니는 거지 신세보다도 애터질 노릇일 것이오.

한곳에 떡 자리를 잡고 일평생 사는 것이 어떻게나 상팔자이겠소? 게다가 그 자리가 대단히 좋은 자리일 때에 그것은 인생에 최고 행복일 것이오. 대대로 한집에 사는 집을 명당이라고 하는 것이 이 때문이겠지요.

나는 지금까지에 한집에서 십 년을 살아 본 일이 없는 사람이오. 한집은커녕 한고장에서 십 년을 살아 본 일도 없소. 내가 처음 나서부터 우리 아버지가 나를 끌고 내가 열한 살 되기까지에 네 번이나 이사를 하셨고, 열한 살에 부모를 여읜 뒤로는 나는 금일 동 명일 서로 표랑생활을 한 것이오. 서울에 엉덩이를 붙이고 사는 지 우금(于今; 지금까지) 십구 년에도 집을 옮기기 무려 열 번이나 되오. 그 동안에 여기서 일평생을 살자 하고 집을 짓기가 세 번인데, 이제 둘째 집을 파는 것이오.

발등에 핏줄이 호형으로 돌아가면 한자리에 오래 붙어 살지 못한다는 말이 있지 않소? 내 발등이 그래. 그리고 사주를 보이거나 손금을 보이거나 고향에 붙어 있지는 못할 팔자래.

그러고 보니 이것이 모두 전생의 업보요.

사람으로 집을 옮기는 것이 대개는 두 가지 이유가 있는가 하오. 빚을 지거나 기타 밖에서 오는 이유로 부득이 떠나게 되는 것이 첫째, 그리고 더 좋은 데를 찾아서 떠나는 것이 둘째, 부득이한 이유로 떠나는 것은 말할 것도 없지마는, 더 좋은 데를 찾아서 떠난다는 것도 벌써 그 사람의 팔자가 상팔자는 못 되는 표이오. 나는 두 가지 이유를 다 가지고 집 떠나기를 하여 온 것이오.

한 번은 내가 병이 중하여서 피접(避接 ; '비접'의 원말. 앓는 사람이 자리를 옮겨 요양하는 것) 나는 모양으로 집을 떠났고, 한 번은 일평생 살아갈 집이라고 지어 놓고 옮아갔으니, 이것이 이를테면 내게는 가장 행복된 이사였고, 또 한 번은 아들을 좋은 소학교에 넣기 위하여서 그 일평생을 산다던 집을 팔고 떠났으니, 이것은 좋은 편이고, 한 번은 아들이 좋은 학교에 입학하려다가 죽어서 차마 그 집에 살 수 없다고 하여서 집을 떠났고, 한 번은 이제는 세상에서 숨어서 일평생을 산다 하여 새로 집을 지었으니, 그것이 바로 어저께 집값 끝전을 받은 이 집이오.

그러고는 아내가 의학공부를 더 한다고 하여서 동경으로 집을 옮겼으니 이것도 상당히 칭찬할 만한 일이었고,

그러고는 아내의 병원을 짓고 큰 사업을 하자고 큰 집을 지었으니, 이것은 제법 사회봉사의 의미를 가진 매우 중요성 있는 이사였소. 나는 이 이사가 크게 축복을 받아서 아내의 사업이 크게 흥왕하기를 바라오.

그런데 지금 팔려 넘어간 북한산 밑에 있는 집은 내가 홀로 숨어 있어서 일생을 보내리라는 생각을 바로 한 달 전까지도 가지고 있었으나, 행인지 불행인지 사자는 사람이 나서서 이것을 팔아 버리게 된 것이오.

"그저 작자 없는 동안이 내 것이야."

하던 어떤 친구의 말이 명답이오.

나는 이제 와서는 이런 핑계를 하오. 이 집이 내 별장으로 너무 과해. 육천 원짜리 별장이 내게 당한가. 한 오륙백 원으로 초가집을 꼭 삼간만 짓고 살리라——이렇게.

아직도 나는 더 나은 데, 더 좋은 데 하고 찾는 마음을 버리지 못하니 딱한 사람이오.

'吉人住處是明堂' 좋은 사람 사는 곳은 다 명당이오. 그것이 산골짜기거나 벌판이거나 시의 빈민굴이거나 움막이거나, 저만 도를 얻어 덕이 있는 사람이면 그 사람 사는 곳은 다 명당이란 말이오. 이것은 내가 이 집을 팔고 어디로 가나 하고, 생각하다가 문득 얻은 글귀요.

'天地皆向我, 無事不太平' 이것은 일전 꿈에 얻은 글

인데, 천지도 다 나로 말미암아 있으니 무엇은 태평이 아니랴, 그런 소리인가 보오. 두 글귀가 다 내게는 큰 교훈이 되오. 하필 경치 좋은 곳을 찾을 것은 있느냐? 하필 새로 집을 지을 것은 있느냐? 어디든지 내 분에 오는 대로 이 몸을 담아 두면 그만이 아니냐——이 뜻이겠으나, 진실로 이런 심경을 가지고 살게 된다면야 제법이지요. 닥치는 대로 먹고, 닥치는 대로 입고, 닥치는 대로 자고, 그리고 마음이 늘 화평하여서 아무 근심이 없다면야 벌써 성인지경 아니오? 그러나 그것은 내 따위로는 엄두도 못낼 일이오. 어떤 중의 글에,

'오랜 옛날부터 육도(六道) 두루 돌았으나, 좋은 것 하나 없고, 걱정 소리뿐일러라.'
하는 말이 있소.

이것은 내 생명이 나고 죽고 하는 동안에 천상, 인간, 아수라(阿修羅 ; 고대 인도의 선신이었으나, 후에 제석천과 싸우는 귀신으로 육도 팔부중(八部衆)의 하나가 된 귀신), 지옥, 아귀(餓鬼 ; 파율(破律)의 악업을 저질러 아귀도에 떨어진 귀신. 몸이 앙상하게 마르고 목구멍이 바늘 같아서 음식을 먹을 수 없어 늘 굶주림), 축생(畜生 ; 불교에서 말하는 삼악도(三惡道) 또는 육도의 하나인 축생도의 준말. 죄업 때문에 죽은 뒤에 짐승이 되어 괴로움을 받는 길) 여섯 가지 세계에

아니 가 본 데가 없지마는 어디를 가 보아도 모두 근심 걱정뿐이요, 살기 좋은 데는 없더라 하여 중생에게 염불을 권하는 글이오. 네 이 세상에서 아무리 좋은 데를 찾기로니 좋은 데라는 것이 어디 있느냐, 아미타불의 극락세계에나 가야 비로소 좋은 데를 보리라는 뜻이오.

그대여, 이 세상 한세상 살아가기가 그렇게 어렵구나. 아침에 나왔다가 저녁에 죽는다는 하루살이도 그 하루 생명을 부지하여 가기가 매우 어려운 모양이오. 요새 이 집에도 모기가 많이 나왔는데, 내가 모기장을 치고 자니, 여러 십 마리가 모기장 가으로 앵앵하고 돌다가 돌다가 벽에 붙어서 자니, 필시 굶어서 자는 것 아니오? 이것을 사람의 말로 번역하면 생활난이야. 그들의 대부분은 그 조그마한 배도 채울 수가 없어서 굶주리다가 굶주리다가 죽는 모양이야. 그들이 앵앵거리는 것은 과연 비명이 아닐 수가 없소. 내 집 창 앞에 와서 우는 참새들도 산새들도 까치들도 또 아마 창경원에 집을 잡고 있는가 싶은 따오기, 왁새(왜가리)들이 내 집 위로 아침저녁으로 날아다니는데, 그들도 무척 생활난이 아닌가 하오. 아마 요새에 어린 자식들을 두고 먹이를 찾느라고 수색, 일산 등지의 논으로 돌아다니는 모양이오.

그들이 인왕산 뒤를 넘어서 북악을 넘으려 할 때는, 더구나 다 저녁때에 너풀너풀 날아 돌아올 때에는 무척 지친 모양이오. 그러다간 황혼이 다 된 때에 또다시 서쪽으로 날아가는 것은 아마 밤사냥을 나가는 모양이오. 카페 색시들이 밤에 벌이를 나가는 모양이겠지요.

또 뻐꾸기가 우오. 응, 그 꾀꼬리도 우오.

"뻐꾹 뻐꾹."

"비조비 비지오비, 지오리 지오리비."

이 모양으로 울고 있소.

밤이면 또 쑥덕새가 우오.

"쑥덕 쑥덕 쑥덕 쑥덕, 딱딱딱딱."

그들은 암컷을 부르는 것이라오. 하루 종일 부르고 날마다 불러도 좀체로 짝을 만나지 못하는 모양이오. 요사이에는 밤이면 청개구리가,

"개굴 개굴 개굴, 개굴 개굴 개굴."

하고 세검정 개천 버드나무 밑에서 밤늦도록 우오. 아마

밤새도록 울겠지. 그들도 암컷을 찾는 것이라오.

수일 전부터 반딧불들이 셋, 넷, 감나무 밭 위로 오르락 내리락, 조그마한 번뇌의 푸른 등을 깜박깜박하면서 헤매오. 그들도 짝을 찾는 것이라 하오. 그래도 쉽사리 못 만나는 모양이오.

우리 집 이웃에는 스물다섯 살이나 난 총각이 얼굴에 여드름이 잔뜩 나가지고, 날마다 지게를 지고는 벌이하러 문안으로 들어가거니, 해 지게 돌아와서는 밥을 먹고는 새 고의적삼을 입고 옥색 조끼를 입고는 세검정 네거리 쪽으로 내려가오.

"어디 가나?"

"말 가요."

하고 그는 웃소. 세검정 쪽으로 내려가면 술집 갈보(웃음과 몸을 팔며 천하게 노는 계집. 매춘부. 창녀)가 있소. 그는 일찍 갈보 하나를 데려다가 한 사오 일 동안 놀이를 한 일이 있었는데, 그때 장가들 밑천이라고 모아 두었던 돈 일백팔십 원을 몽땅 써 버렸다고 하오. 그 돈을 다 빨아먹고는 그 갈보는 마치 피 빨아먹은 모기 모양으로 다른 데로 가 버리고 말았소. 요새에는 그 총각은 하루에 기껏 일 원 남짓 버는 터이니, 갈보 팔목 한 번 잡아 볼 재력도 없을 것이오. 그가 밤에 세검정 네거리로 내려가더라도, 유리

창을 통하여 그 뚱뚱한 갈보를 우두커니 바라보다가 오거나, 기껏해야 막걸리 한잔 사 먹고 농담 한마디나 붙여 보고 올까?

이 동네 처녀들은 모두들 공장으로 갔소. 열댓 살 먹어서 동네 총각들의 눈에 들 만큼 되면 공장으로 달아나 버리고, 동네에 남아 있는 계집애라고는 코 흘리는 어린것들뿐이오.

모두들 생활난이오. 벌레나 새들이나 사람들이나, 먹을 것 없어 생활난, 시집 장가 못 가서 생활난, 그런데 대관절 무엇하러 이렇게 살기 어려운 세상에 살고 싶어하는 것이오? 그나 그뿐인가. 저도 살기 어려운 세상에 살고 싶어하는 것이오? 그나 그뿐인가. 저도 살기 어려운 세상에 애써서 왜 새끼를 치자는 것이오? 그것이 생명의 신비지요. 아마 생물 자신들은 의식 못하면서도 그 속에 우주의 목적이——어떤 방향을 가게 하려는 목적이 있나 보지요.

'到處無餘樂. 唯聞愁嘆聲.'

그래서 옛날 중이 이러한 한탄을 한 것이오.

그렇다 하면, 이 사바세계에서 어디를 가기로 편안한 고장이 있겠소? 사바세계란 말이 본디 참는 세계라는 뜻이랍니다. 참고 견디고 살아갈 만한 세계란 말인데, 그렇다 하면 잘 참는 사람이 오직 행복된 사람이 되는 것이오.

행복은 추구함으로 얻을 것이 아니라, 제 번뇌——모든 욕심 말이지요——를 뿌리째 뽑아 버린 때에 비로소 사바세계에 행복이 있단 말이지요.

'願人涅槃城.'

그 중은 이 말로 끝을 막았소. 원컨대 열반성에 들어지이다——삼계 육도를 두루 돌아도,

'到處無餘樂. 唯聞愁嘆聲'이니까 다른 데 좋은 데를 찾을 것 없이 내 번뇌를 다 불살라 버리자는 말이오. 열반이란 욕심을 떠난 경계라니까.

그런데 그대도 저번 편지에,

"여보시오. 나는 도저히 이 생활을 더 견딜 수 없소. 나는 이 자리에서 뛰어날 수밖에 없소. 나는 더 나를 속이기를 원치 아니하오. 이런 생활을 계속할 바에는 차라리 죽어 버리고 싶소. 여보시오. 내가 어떻게 하면 좋소?"

이러한 말씀을 하셨거니와, 나는 그 편지에 여태껏 답장을 아니하고 있거니와(무슨 말로 답장을 하겠소? 할말이 없지 않소?), 그것은 그대가 지금 어디 있는지를 잊어버린 까닭이오. 그대 있는 곳이 어딘고 하니 사바세계요. 그대의 생활이 뜻대로 아니 되고 괴로움이 많은 것은 사바세계 중생으로 태어날 때에 벌써 그럴 줄 알고 온 것 아니오? 그대가 그 중의 말과 같이 열반성에 들거나 그까지는

못한다 하더라도, 아미타불님께 매달려서 극락세계에라도
가기 전에는 그대는 괴로움을 벗어날 수가 없는 것이 아
니오? 그대가 이 자리에서 벗어난다니 어디로 벗어난다는
말요? 손오공이 모양으로 힘껏 재주껏 달아난대야 다 가
고 보면 또 거기가 거기요. 죽어? 죽으면 어디로 가오. 죽
어도 또 거기가 거기요. 사람이 죽어서 모든 괴로움을 벗
어날 확신만 있다고 하면, 금시에 자살할 사람이 무척 많
을 것이오. 그렇지마는 죽어라 하고 보면 죽음의 저편이
도무지 마음이 아니 놓여. 죽어서 지금보다 더 괴로운 데
로 간다면 차라리 이 자리에서 참고 있는 것만도 못하거
든. 그게 걱정이란 말이오.

　또 까치가 깍깍거리오. 여러 놈이 함께 깍깍거리는 품
이 어디 뱀이 나왔나보오. 뱀들이 요새에 새 새끼들을 노
리고 돌아다니는데, 아마 어떤 뱀이 까치집을 노리는 모
양이오. 그 뱀이 까치집 있는 나무를 찾아 기어올라가서
아직 날지도 못하는 까치새끼를 잡아먹는 것이오. 그러나
뱀편으로 보면 까치집 하나 얻어 만나기가 아마 극히 어
려우리다. 그럴 것이, 이 동네에도 까치집이 모두 열이 될
락말락하는데, 뱀은 아마 수만 마리가 있을 모양요. 또 땅
에 붙어 기어다니는 놈이 멀리서 까치집 있는 데를 바라
보고 달려갈 수도 없는 노릇 아니오?

아무려나 까치들은 선천적으로 뱀을 무서워하는 모양이오. 반드시 한번 혼난 경험이 있어서만 까치들이 뱀을 무서워하는 것은 아닌 성싶소. 그러나 까치들은 뱀 안 사는 곳에 집을 지을 수가 없구려. 뱀이 살 수 없는 곳이면 까치 살 수도 없는 곳이란 말요. 그러니까 까치는 될 수 있는 대로 뱀이 없을 듯한 데다가 집을 지어 놓고,

"제발 뱀이 오지 말게 합소사."

하고 비는 수밖에 없을 것이오.

내 이 집을 사가지고 오실 부인이 나를 보고,

"여기 뱀 없어요? 지네 같은 것?"

이렇게 묻읍디다.

그래 나는 빙그레 웃었소. 왜 웃었는고 하니, 바로 일전에도 아마 지붕 기왓장 밑에 친 참새 새끼를 먹으러 왔던 게지요. 젊은 뱀 내외가 대낮에 담을 넘어 들어오는 것을 우영이랑 환이랑 나랑 셋이서 우리 면이 다니는 소학교에 표본으로 보냈거든요. 그 아내 뱀이 태중이더라오. 남편이 먼저 들어와서 잡혔는데, 아마 아내가 혼자서 기다리다가 걱정이 되었던지, 무거운 배를 안고 따라와서 같은 유리병에 들어간 거요. 근래에는 사람에도 드문 열녀야.

또 우리 사랑 아궁이 옆에도 분명히 살무사 한 쌍이 산대. 환이 보았노라니 정말이겠지요. 둘이 가지런히 대가

리를 내어밀고 혀를 날름날름하고 있는 것을 환이가 보았다오. 이런 것을 생각하니 그 부인이 묻는 말이 우습지 않소? 그래서 내가,

"세상에 뱀 없는 데가 어디 있어요? 지네, 그리마(지네와 가까운 종류로 다리가 여러 쌍 있고, 머리에는 긴 촉각이 있는 절지동물), 노래기, 이런 것도 바위 있는 산에는 없는 데가 없습니다."

그랬더니 이 부인은 대단히 입맛이 쓴 모양입니다.

"난 뱀, 지네, 그런 것 싫어하는데."

그리고 양미간을 찡깁니다.

뱀, 지네, 그리마, 노래기, 쥐며느리, 거미, 송충이, 이런 것 좋아하는 사람이 어디 있겠소. 빈대, 바퀴, 벼룩, 모기, 파리, 이런 것 다 싫은 것 아니오? 길가다가 하루살이 그런 것 다 싫지요. 또 우리 몸을 파먹는 모든 벌레와 미생물들, 회충, 촌백충이, 십이지장충, 요충, 결

핵균, 임질균, 매독균, 기타 파상풍 일으키는 균, 폐결핵 일으키는 균, 트라홈(Trachom;일명 트라코마. 전염성이 있는 눈의 결막 질환), 옴, 무좀, 이런 것 다 좋아하는 사람이 어디 있어요?

　내 밥을 지어 주는 집에서 닭을 서너 마리 쳤소. 수놈한 놈, 암놈 세 마리. 그놈들이 풀숲으로 돌아다니고 울고하는 것도 재미있으려니와, 하루에 두세 알씩 알을 낳는거요. 이게 재미야. 그런데 이놈들이 부엌이나 마루에 똥질을 하고 화초와 채마(채소)를 녹이고 한다고 그 집에서성화를 하더니, 그놈들이 이가 끓어서 그것이 방에까지들어와서 견디다 못하여서 다 잡아 없애고 말았는데, 그닭이 깔고 있던 섬거적에도 이가 있다고, 이 이는 삼 년이가도 아니 없어진다고 하여서 솥에다가 물 한솥을 끓여서그 섬거적에 붓고는 그래도 끓는 물에도 아니 죽는 놈이있을까 보아서, 마치 염병 앓다가 죽은 사람의 이부자리모양으로 그 섬거적들을 길가 풀숲에 내어버렸는데, 올적 갈 적 그 섬거적을 보면, 번번이 마음에 섬뜩한 것이생긴단 말요. 한 중생 세계가 그 모든 욕심과 기쁨과 괴로움 속에서 살다가 망해 나간 폐허를 보는 것 같아서.

　닭 주인은 다시는 닭은 아니 친다는 거요. 차차 닭 백마리나 쳐서 양계를 해 보려고 희망이 가득하더니, 아주 닭의 이 통에 진절머리가 난 모양이오.

　'풍파에 놀란 사공 배 팔아 말을 사니,

　구절양장(九折羊腸；양의 창자처럼 산길 따위가 꼬불꼬불
하고 험함)이 물 두곤 어려워라.

　이후란 배도 말도 말고

　밭갈이나 하리라.'

하는 옛 노래가 있지 않소? 그러나 밭갈이는 쉬운가? 그
사람이 만일 말을 팔아서 밭을 샀다면,

　'밭 갈아 기음(논밭에 난 잡풀) 매기 풀 뽑기와 벌레 잡기,

　가물면 가물어서, 비 오면은 물이 날까,

　가을 밤 우레, 번개에 잠 못 이뤄' 할 것이오.

　꽃 한 송이를 보자면 벌레 백 마리를 죽여야 하오.

　이 글을 쓰고 있노라니 삼철이라는 영등포 방직공장에
다니는 이웃집 계집애가 찾아왔소.

　"너 어째 왔니? 공일도 아닌데."

　"몸이 고단해서 하루 말미를 얻었어요."

　"어디가 아프냐?"

　"그저 몸이 나른해요. 팔다리가 쑤시고."

하며 그는 눈을 뜨기도 힘이 드는 듯이 나를 쳐다보오.

　이 애는 열여섯 살에 공장에를 들어가서 금년이 열아홉
살이오. 지금은 감독이 되었노라고. 그래서 일은 좀 헐하

지마는, 그 대신 다른 아이들한테 미움을 받노라고.

"여섯 시부터 여섯 시까지 줄창 섰는걸요. 피가 모두 다리로만 내려가서 발들이 소복소복 부어요."

"노는 시간이면 모두들 잔디밭에 모여 앉아서 눈물을 떨구기가 일이죠."

"그래도 소박데기나 과부나 그런 이들은 우리 같은 계집애를 부러워들 해요 ──우리도 처녀 같으면 한 번 다시 시집가서 재미있게 살아보련만 ──이러구요."

삼철이는 뽀얗게 화장을 하고, 하얀 모시 적삼에 누르스름한 교직 치마를 입고 앞치마를 두르고, 머리에 핀들을 여기저기 꽂았소.

"그럼 무엇해요? 암만 있으니 여기 월급이 몇 푼이나 돼요? 옷 해 입고 화장품 사고, 먹고 싶은 것 잘 사 먹지도 못하지요."

"모두들 화장들 하니?"

"그럼요. 자고 나면 모두들 화장들 하지요. 화장하는 게나 재미지, 또 무슨 재미가 있어요?"

나도 한숨을 지었소. 보아 줄 남자들도 없는 여자만의 나라에서들 화장들을 하는 과년한 계집애들의 모양이 눈에 뜨이오. 그들은 화장하고 작업복 입고 공장으로 들어가는 것이오.

"잘 때에는 모두들 곯아떨어져서 이를 갈아요. 잠꼬대도 하고, 이를 가는 것이 참 못 견디겠어요. 그리고 다리들을 남의 배 위에 척척 올려놓지요. 열두 시간이나 내려서니깐 다리가 저리거든요. 좀 올려놓으면 참 편안해요. 그래도 남의 다리가 내 위에 와 얹히면 참 싫어요. 그래서들 싸우지요."

"회사에서는 돈이 막 남는대요. 그래도 월급은 영 안 올라요. 먹을거나 좀 낫게 해 주어도 좋으련만."

"아버지도 인제는 늙으셨어요. 오늘도 허리가 아프시다고 누워 계셔요. 어머니도 늙으시고요. 통 눈이 안 보인대요."

"오라버니는 마음은 착하건만 술 때문에 걱정야요. 언니는 병으로 그저 그 모양이고요."

삼철이는 이런 이야기를 하다가 갔소. 소학교에도 못 다녀 본 그 연마는, 공장에 가 있는 동안에 지식이랑 말이랑 늘었소. 그의 말은 모두 한번 들으면 아니 잊히는 말이오. 그것은 인생의 시가 아니오? 슬픈 시가 아니오?

삼철이도 제 장래를 그리고 있겠지요. 그대나 내가 수십 년 전에 그리하였던 것같이 그는 지금의 가난한 신세를 한탄하면서도 좋은 남편과 깨끗한 집과 이러한 모든 좋은 것을 상상할 것이오. 그러길래 그가,

"집이나 하나 깨끗하게 짓고 살았으면 좋겠어요――초

가집을요."

한 것이오.

이제는 시집도 가고 싶을 때 아니오? 아이도 낳고 싶을 때 아니오? 그러나 그렇게 알맞게 술 안 먹고 노름 안 하고, 일 잘하고, 또 될 수 있으면 돈도 좀 있고, 또 될 수 있으면 얼굴도 잘나고, 또 될 수 있으면 마음도 착해서 처가족을 소중히 여기고, 첩을 얻는다든지 도박을 한다든지 그러지 아니하고, 그러한 안성맞춤 신랑이 나서 줄는지. 그리고 그가 그렇게도 소원하는 깨끗한 초가집 한 채가 그의 몫이 되어 줄는지. 이것은 물론 이 아이의 몫에 오는 제비를 펴 보아야 알겠지요. 그러나 한 가지만은 확실하지 아니하오? 괴로움 없는 생활은 없다는 것은. 그러니까 이 아이도 사바세계의 뜻을 알아서 참는 공부를 하여야 할 것이겠지요.

"어려서 좀 고생을 해 보아야 해요."

삼철이는 어른스럽게 이러한 말을 하였소. 그것은 대단히 기특한 말이지마는,

"사람이란 일생에 고생할 것을 깨달아야 해요."

하는 말은 아직 이 애 입에서는 나올 때가 아니겠지요. 왜 그런고 하면, 열아홉 살 난 처녀의 생각으로는 필시,

"내가 고생할 날도 며칠 안 남았다. 며칠만 더 지나면

나는 고생을 떠나서 재미만 쏟아지는 살림을 하게 될 것이다."

이렇게 생각할 것이오.

그러나 그대는 이미,

'인생이란 고생이다.'

하는 진리를 깨달을 날도 되지 아니하였소? 이 세상에서 아무 데를 가더라도, 무엇을 하더라도, 거기가 거기요, 그것이 그것이라고 깨달을 때가 되지 아니하였소?

'내가 태어난 곳은 사바세계다. 참고 견디는 세계다. 내가 받는 것은 모두 다 내가 받을 것을 받는 것이다. 이것을 안 받으려고 앙탈하는 것은 마치 나이를 아니 먹으려고 뻗대는 것과 같다. 그것은 어리석음이오. 그뿐 아니라 앞날의 악업을 더 저지르는 것이다.'

그대는 이렇게 생각하지 못하오?

이런 소리를 하는 나도 실상은 이 집보다 더 나은 집을 가지고 싶어하오. 이보다 더 경치 좋은 곳을, 그러면서도 이보다 더 교통이 편한 곳에, 산색뿐 아니라 야색까지도 볼 수 있는 곳에, 이 집보다도 더 내 취미에 맞는 집을 지어 볼까 하는 어리석은 욕심이 있어서 벌써 거간한테 터하나를 골라 달라고 말까지 하여 놓았소.

그렇지마는, 이것은 물론 헛된 공상이오. 첫째로 이 집을 팔아서 빚을 갚아 버리면은, 새 터를 사고 새 집을 지을 돈이 남을 것이 없는 것이오. 그러면서도 집을 하나 지을 필요가 있다, 꼭 하나 지어 보자 하는 어리석은 생각을 버리지 못하고 있으니, 진실로 내가 가련하고 우둔한 중생이 아니오?

또 설사 내게 돈이 넉넉히 있기로니, 뱀도 지네도 없는 집터는 어디 있으며, 꼭 마음에 들어서 언제까지나 마음에 들 집은 어디 있소? 있을 수 없는 것 아니오? 죽자 살자 하고 서로 사랑하여서 만난 내외도 몇 해 함께 살아 보면 시들해지는데, 천하에 어디 암만 오래 살아도 마음에 드는 집터나 집이 있겠소? 그러니까,

'吉人住處是明堂'이라는 생각을 하게 되는 것이오.

하필 집만이랴, 만사가 다 그렇겠지요. 내외간도 그럴 것이오. 사람의 욕심이란 제풀로 내버려두면 대추나무 뿌리 같아서 한없이 뻗어가는 것이오. 이 여자를 아내로 삼으면 저 여자가 더 좋은 것 같고, 이 남자를 남편으로 삼으면 저 남자가 더 잘난 것 같단 말요. 그러고 보면 결국 제게 태인 남편을 가장 좋은 남편으로 알고, 제 아내가 된 여자를 가장 으뜸가는 여자로 알아서 그로써 만족하는 것이 상책일 수밖에 없는 것인데, 욕심이라는 심술궂은 마귀가 사람의 눈을 가리어서 이 분명한 진리를 못 보게 하

고서리, 자꾸만 더 나은 것을 찾아서 헤메게 하는 것이오. 이래서 저로는 번뇌가 끝이 없고, 세상으로는 죄악이 그칠 줄을 모른단 말요.

'不求大勢佛. 及與斷苦法. 深入諸邪見. 以苦欲捨苦. 爲是衆生苦. 而起大悲心.'

석가여래께서 수도하신 동기가 여기 있노라고 하셨소. 인생의 괴로움을 벗어나는 길이 힘이 많으신 부처님의 가르치심을 따르는 길밖에 없는데——다시 말하면 제 욕심을 따르는 이기욕을 버리고 자비의 생활을 하는 길밖에 없는데——이 길이야말로 진리의 길인데, 이 길을 찾지 아니하고 사특한(잘못된, 그릇된, 진리 아닌) 길을 걸어서 괴로움을 버리려고 하니, 그것은 도리어 점점 더 괴로움을 걸머지는 것이란 말요.

세상을 둘러보면 모두 괴로운 사람들 아니오? 얼른 보기에 행복된 듯한 부자들이나, 권세 있는 자들도 그 속을 들어 보면 모두 걱정 근심이여. 그런데 나이가 많은 사람일수록 더욱 고생이 심하고 걱정 근심이 많은 모양이오. 그 사람들은 일부러 걱정 근심을 찾아서 걱정 근심을 하는 것은 아니겠지요. 다들 평생에 자고 나면 걱정 근심을 면하고 행복을 찾으려고 애써 온 사람들이언마는, 한 살 두 살 나이가 먹을수록 찾는 행복은 점점 멀어가고, 면하려는 고생만 지긋지긋이도 따라오는 거야. 이것이 인생의 진상이 아니오?

하룻밤 자고 나서 이 편지를 계속하오.

날이 밝고 바람도 없소.

"찌배, 찌배, 찌배, 찌배, 찌배."

솔새 소리가 나오. 두 뺨이 하얀 새요. 솔밭에 산다고 솔새라 하고 두 볼이 희다고 하는 놈이오. 아침저녁 솔새가 내 창 앞에 와서 우오.

어제는 비가 올 것 같더니, 제법 오기 시작까지 하더니, 무슨 생각이 났는지 씻은 듯 부신 듯이 희오. 뜰에 심은 화초 포기도 축축 늘어졌소. 며칠 지나면 나는 이 집을 떠난다 하면 화초에 물을 주자는 정성도 떨어지오. 부끄러운 일이지요. 그래서 억지로 제 마음에 채찍질을 하여서 물을 주지마는, 워낙 가무니까 이로 당할 나위가 없소. 감들도 모처럼 많이 열린 것이 수분이 부족해서 떨어지기를 시작하오. 삼남 지방에는 기우제를 드린다는데, 어제가 단오, 오늘이 하지건마는, 모들을 못 내었으니 큰일나지 않았소? 만주서 온 편지에도 가물어서 금년 농사가 걱정이란 말이 있소. 어떤 수리조합에는 저수지까지 말랐다니, 큰 걱정이 아니오?

"공전은 안 오르는데 쌀값만 껑충껑충 뛰니, 이런 제

길."

하고 돌산에서 일하는 사람들이 게두덜거리오(굵고 거친 목소리로 자꾸 두덜거림). 그렇지만 하느님이 다 알아서 작히나 잘 하시겠소?

하지만 내가 지은 이 집에 결점이 많아서 늘 불만하던 모양으로, 또 내 몸이 늘 병이 있고 아름답지를 못하고 또 내 마음이 지저분하고 의지력이 약하고 도무지 마땅치 아니한 모양으로 이 사바세계란 것이 결코 최상 최성(Best Possible)은 아닌 모양이오.

그래서 예로부터 이 세상은 안전한 이데아의 세계의 그림자라고 한 이(플라톤)도 있고, 이 세상은 본디는 완전무결하였지마는 사람이 죄를 짓기 때문에 이렇게 껄렁껄렁이 되었다는 이(예수)도 있고, 애초부터 하늘나라보다 못하게 만들어진 것이라(희랍 신화)고 한 데도 있고, 또 이 세상이란 아무렇게나 되는 대로 되어 먹은 것이라고 한 이(쇼펜하워)도 있고, 또 이 세상은 점점 완전을 향하고 걸어가는 생성(Becoming)의 도중에 있다는 이(진화론적 우주관을 가진 이들)도 있고, 또 이 우주간에는 우리 세상같이 껄렁이도 있지마는, 이보다 좀 나은 세상, 더 나은 세상, 좀더 나은 세상, 더 더 나은 세상, 더 더 더 나은 세상, 그러다가 마침내는 고작 나은 세상이 있고, 또 그와 반대로는 우리가 사는 세상보다 더 껄렁이, 더 더 껄렁이, 이 모양으로 수없는 계단을 내려가서 말할 수 없이 흉악한 껄렁이 세상이 있으니, 그것은 다 그 속에 사는 중생의 인연 업보와, 원력(願力 ; 부처에게 빌어 원하는 바를 이루려는 염력)과 불, 보살의 원력으로 이루어친 것이니라, 이렇게 가르치는 이(불교)도 있지 아니하오?

그러기도 할 게요. 지금 이 편지를 쓰고 앉았는 이 동네로 보더라도, 불과 5, 60호 되지마는 집마다 다르거든, 이 중에서는 고작 나은 집, 좀 못한 집, 움집. 나라들로 보아도 그렇고 그런데, 이러한 집들이 다 그 집에 사는 사람들의 업보인 것이야 틀림없지 아니하오? 다시 말하면 다 제가 들어 있을 만한 집에 들어 사는 거야. 그러다가 나 모양으로 그만한 집도 지닐 형편이 못 되면 남의 손에 넘기고, 또 지금보다 형편이 펴이면 지금보다 나은 집을 옮아 갈 수 있고.

아무려나 이 세상이 그렇게 가장 좋은 세상이 못 된다고 보셨기 때문에, 법장비구(아미타불 전신)가 괴로움 없는 가장 좋은 세계를 건설할 원을 세우시고 조재 영겁에 수행을 하신 결과로 우리 사바세계에서 십만억 세계를 지난 서쪽에 서방정토 극락세계를 이룩하신 것이 아니겠소. 거기는 악이란 하나도 없고,

'諸上善人具會一處.'

하여서 오직 즐거움만을 누리게 되었다 하오. 우리 사바
중생들도 아미타불 부처님의 이름을 부를, 그 세계에 나
기만 원하면 반드시 다음 생에 거기 태어날 수가 있다고
하오. 거기는 꽃도 좋은 꽃이 많이 피고, 앓는 것도 없고,
죽는 것도 없고, 얼굴들은 다 잘나고, 마음들은 다 착하여
서 오직 사랑만이 있을 뿐이라 하오. 거기는 내 집을 사는
분이 걱정하시는 뱀이나 지네도 없고, 내가 제일 좋아 않
는 파리나 모기나 송충이도 없고, 또 집을 팔 것도 없고,
집이 없어서 걱정도 없고, 물론 남편을 불안히 여겨서 다
른 남자를 탐내는 여자도 없고, 아내가 싫어져서 다른 여
자를 가지고 싶어하는 남자도 없고, 아무려나 현재에 이
우주간에 있는 세계 중에는 가장 잘된 세계라고 하오.

인도에 용수(龍樹)라고 대단히 큰 학자로서 또 대단히
큰 불교의 중흥자가 되어서, 보살이라는 칭호까지 받은
어른이 일생에 생각다 생각다 못하여서 마침내,

'世尊我一心. 歸命盡十方. 無礙光如來. 願生安樂國.'
이라고 부르짖었소. 무애광여래란 아미타불이시오. 안락
국이란 극락세계란 말요.

그러므로 적어도 법장비구의 사십팔 본원 속에 안겨서
극락세계에나 가기 전에는 괴로움 않는 인생이란 없는 것

이오.

그러면 어찌할까? 제게 태운 집에 만족하는 것이야. 쓰러져 가는 초가집 한 칸이라도 내 집이라고 있는 건만 고맙게 생각하는 거야. 빈 땅이 있거든 꽃포기나 심읍시다그려. 아침저녁 물 뿌리고 깨끗이 소제나 합시다그려. 종잇장도 바르고, 그림장도 걸고, 내 힘에 미치는 데까지 깨끗하게 아름답게 꾸밉시다그려.

"아이고, 이런 집에 어떻게 살아."

하고 낯을 찡기고 앙탈하는 것은 손복(損福 ; 복이 덜리는 것)할 일이야. 내가 과거에 한 일이나 현재에 먹는 생각을 살펴보면 이런 집도 황송해, 이렇게 생각하여야 옳지 않소? 그러다가 내 값이 높아지면 저절로 나은 집에 가게 되는 거 아니겠소? 집만 그런가? 남편이나 아내에 대하여서도 마찬가지 아니오?

어리석은 사람들은 제 낯바닥이 잘생겼거니 합니다. 제 낯바닥이 남만 못하거나 하는 사람은 대단히 지혜로운 사람이요, 또 성인에 가까운 사람이오. 그러길래 사진사는 사진을 수정할 때에 본 얼굴보다 낫게 해 주어도 속인들은 불평을 하오.

"이게 무엇이야? 아이고, 숭해라."

사진관에 사진을 찾으러 오는 사람들은 다 이렇게 불평

하는 것이오. 이때에 사진사는 그 본 얼굴을 바라보고 웃지 않겠소?

본 얼굴은 사진 얼굴보다도 훨씬 못하거든.

사람들은 석경(거울)에 제 얼굴을 비추어 보고 스스로 수정을 하고 변호를 하오. 코가 작은 사람은 코가 자그마한 것이 예쁘다고 보고, 얼굴 긴 사람은 얼굴 기름한 것이 의젓하다고 보오. 그러나 제삼자의 냉정한 눈으로 보면 코는 돋다가 말고, 상판때기는 궁상스럽게도 길다, 그럴 것이 아니오?

그렇지만 어떡하오? 전생 업보로 그렇게 생겨먹은 낯바닥은 이생에서는 고칠 도리가 없지 않소? 그나 그뿐인가, 제가 이렇게 못생긴 것을 누구를 원망하오? 부모인들 못난 자식 낳고 싶어서 낳았겠소? 천하에 제일 잘난 자식을 낳고 싶은 것이 부모의 마음 아니겠소. 결국 제 업보로 그만큼밖에 못 타고난 것을 누구를 원망하오? 또 사실 제 소갈머리를 들여다보면 그 낯바닥도 과해.

그러니 타고난 이 낯바닥은 죽는 날까지 세상 사람들 눈앞에 들고 다닐 수밖에 없소그려. 나는 이렇게 못난이요, 이렇게 전생에 악업이 많아 덕은 엷고 복은 적은 이요 하는 것을 모가지 위에 높이 들고 다니지 아니하면 아니 되니, 참 냉혹한 벌이라고 아니할 수 없지요. 만일 사람이 이런 줄을 깨닫는다면 어디 사람 없는 곳에 꼭 숨어서 나오지를 못할 것이오.

그렇지마는 어떡하오? 아무리 흉한 얼굴이라도 들고 나와 다니지 아니할 수 없으니. 그러니까 언제나 소곳하고 조심성스럽고 겸손하지 아니할 수 없지요. 아무쪼록 남의 눈에 아니 뜨이도록, 더 흉하게나 보이지 아니하도록 조심조심 할 것 아니오? '이것 보시오들!' 하는 듯이 그 못생긴 낯바닥을 내두르는 것을 차마 못 볼 일이 아니오?

하니까 여자면 분도 좀 바르고, 사내면 이발이나 자주 하고, 게다가 냄새나 아니 나게시리 목욕과 빨래나 자주 하고, 또 '얌전'이나 좀 바르고, 이렇게 될 수 있는 대로는 남에게 불쾌감이나 아니 주도록 닦을 수밖에 없지 아니하오?

쓰러져 가는 초가집에도 꽃나무 하나가 있으면 운치가 있어서 그림쟁이들이 그림이라도 그리고 싶어합니다. 하물며 그 집에 덕이 높은 사람이 살면 여러 사람이 그 집을 찾아오고, 신문사 사진반도 그 집을 사진 박습니다. 그 모양으로 얼굴이 흉해도 덕이 높거나 무슨 좋은 재주가 있거나 돈이 많거나 벼슬이 높거나 하면 사람들이 그를 우러러봅니다. 같은 애꾸라도 도둑질이나 하면 '그놈 애꾸놈이' 그러지마는, 나라를 위하여서 큰 전공이라도 세우면 '독안룡'이라고 하여서, 눈 둘 가진 사람보다도 더 존경하지 않아요? 이것이 정말 화장술이 아니오? 이것이 우리가 이 세상 한세상 살아가는 길 아니겠어요.

저 못난 줄을 진정으로 깨달은 사람일 것 같으면, 사람에게 대하여서나 물건에 관하여서나 제 팔자에 대하여서나 불평 불만은 없을 것 아니오? 나는 이것만은 믿게 되었소. 이것이 이 집에 온 지 육 년 동안의 소득이지요.

"그 아까운 집을, 그렇게 애써 지은 집을 왜 파우?"

하고 이웃 사람이나 친구들이 다 말하지마는, 인제는 팔 때가 되니까 파는 것이다, 나는 이렇게 믿소. 그리고 이 집에 그렇게 애착도 가지지 아니하오. 만나는 자는 떠날 자가 아니오? 떠날 때에 애착을 가지면 무엇하오? 가는 구름같이 흐르는 물과 같이, 구름 가듯이 물 흐르듯이 걸리는 데 없이 슬슬 살아가는 것이 인생의 바른길이라고 나는 믿소.

이 집을 팔고 나서 앞으로 어떠한 집을 몇 번 가지게 될는지 내가 아오? 누구는 아오? 몰라! 내일 일도, 다음 순간 일도 나는 몰라! 다만 이것만은 확실하오 —— 내가 게으르거나 허랑방탕만 아니하면 죽을 때까지 방 한 칸 차지는 되리라, 또 내가 양심에 어그러지는 일만 아니하면 죽어서 다시 태어나더라도 이 신세 이하로는 아니 되리라, 내가 만나는 사람마다에게 정성껏 대접하면 나도 남의 괄시는 받지 아니하리라 —— 이것만은 확실하지마는, 그 이상은 도저히 내가 알 바가 아니오.

앞 개천에서 빨래질 소리가 들리오. 세검정 빨래란 자고로 유명하다고 하오. 날이나 밝은 아침이면 밥솥과 장작과 빨래 보퉁이와 빨래 삶을 양철통과를 사내가 걸머지고, 여편네는 잔뜩 한 임 이고 코 흘리는 아이를 데리고 자하문으로 주렁주렁 넘어오는 것이 봄부터 가을에 걸쳐서 이 고장의 한 풍경이오. 그들은 개천가 빨래하기 좋은 목에다가 진을 치고 점심을 지어 먹어가며 빨래질을 하는 것이오. 저 보시오. 개천가에는 홑이불, 욧잇, 치마, 모두 널어 말리고 있소. 남편은 아내를 도와서 방망이질을 하다가 버드나무 그늘에서 젖먹이를 안아 재우고 있소.

  그들은 다 문안 잘사는 집들의 행랑사람들이오. 그들이 빠는 것은 물론 제 것은 별로 없고, 주인 나리, 아씨, 도련님, 아가씨네의 의복들이오, 좋지야 않소? 그들이 남이 입어서 더럽힌 옷을 빨아 줌으로써 내생의 공덕을 쌓고 있는 것이오. 아마 다음 생에는 더러는 지위가 바뀌어서 지금 빨래하고 있는 '행랑것'이 주인 아씨나 서방님이 되고, 지금 빨래를 시키고 놀고 앉았는 서방님이나 아씨가 무거운 빨래는 지고 자하문 턱을 넘게 되겠지요. 한편은 전에 하여 놓은 저금을 찾아먹는 패, 한편은 새로 저금을 하는 패가 아니겠소? 요새에 저 자고난 자리도, 저 밥 먹은 상도 아니 치우려는 신여성들은 필시 다음 세상에는 행랑 어멈이나 애보개로 태어날 것이오. 그래서 온 집안 식구가 먹은 밥상을 혼자 서릇고(좋지 못한 것을 쓸어 없애고), 남이 낳은 아이를 잔등이 물도록 업고 다닐 것이오. 그래야 공평한 것이 아니오?

나는 이 세상이 지극히 공평하다고 믿소. 천지의 법칙이 어디 사람의 법률에만 대일 거요? 추호불차라고 믿소. 빈부 귀천이 없는 것이 공평이 아니라, 있는 것이 공평이란 말요. 공덕 있는 사람과 없는 사람이 똑같이 잘나고 똑같이 잘산대서야 그야말로 불공평이 아니오? 이런 말을 다른 사람들은 아니 믿더라도 그대야 믿어 줄 것 아니오.

저 빨래하는 행랑 사람들이 아마 금생에는 도저히 안댁 서방님 아씨와 지위를 바꾸기는 어려우리라. 아마 안댁 서방님 아씨가 남의 빨래짐을 지고 자하문 턱을 넘을 날은 있기도 하지마는, 저 아범과 어멈이 서방님 아씨가 되기는 졸연치 아니하리다. 굴러떨어지기는 쉬워도 기어오르기는 어려운 이치 아니오?

그대나 내나 다 행복된 사람은 아니지요. 첫째 건강이 없고, 둘째 돈이 없고, 셋째 얼굴이 잘나지를 못하고, 넷째 마음에 번뇌가 많고, 늘 불평 불안을 가지고 있고, 게다가 그런 주제에 눈은 높고 뜻은 하늘 위에 있단 말요. 그러나 그대여, 그것이 다 공평입니다. 아니 공평보다 한층 더 나아가서 우리는 우리 값 이상의 삶을 받고 있습니다.

그대여, 내가 이 집을 판다고 아깝다고 그러지 마시오. 그것은 대단히 황송한 생각이오. 어떻게 생각해야 옳은고 하니, 이만한 풍경 이만한 집에 육 년이나 살게 된 것이

고마워라, 또 그것을 육천 원이나 되는 큰돈을 받고 팔게 된 것이 고마워라, 그 돈으로 오래 못 갚던 빚을 갚게 된 것이 고마워라, 이 집을 팔고도 내가 몸담아 살 집이 있으니 고마워라, 크신 은혜 고마우셔라——이렇게 생각하는 것이 옳겠지요.

나는 아까 마당에 풀을 뽑고 화초에 물을 주었소. 모레 글피면 떠날 집인지라 그리하였소. 나는 새 주인의 손에 이 집을 내어맡길 때까지 이 집을 사랑하고 잘 거두지 아니하면 아니 될 것이오. 아니, 어디 그런 법이 있단 말이 아니라, 내 마음이 허하지를 아니한단 말요.

조선 풍속에서(지나 풍속도 그럽디다) 떠나는 집을 반자 (방이나 마루의 천장을 평평하게 만드는 시설)와 창과 도배를 모두 찢어 놓고 어질러 놓는 대로 치우지도 아니하고 간다는데, 이것은 복이 따라오지 않고, 그 집에 떨어져 있는가 보아서 그러는 것이라오. 그러나 그 복이란 어떻게 생긴 것인지 모르나, 만일 내가 복일 양이면 그렇게 뒤에 올 사람의 생각을 할 줄 모르는 위인은 따라가려다가도 고만두겠소.

이 집 뜰에 심은 화초를 파 갈 생각을 하였으나, 새로 오는 주인이 적막할 것을 생각하매 차마 못하여서, 여러 포기 있는 것만 한 포기씩 몇 가지를 뽑아서 분에 담아 놓

았는데, 그것도 탐욕 같고, 내 뒤에 오는 이에게 대한 무정 같아서 부끄러웠소.

어저께는 손님들이 찾아오셔서 더 못 썼소. 화성이 벌겋게 북악 가슴패기로서 올라오는 것을 보고 잤소. 직녀성이 파란빛을 발하고 있는 것도 보았소. 스콜피온의 염통 별이 더 붉다 하는 생각도 하였소. 아침에 일어나니 날은 흐리고 바람이 부오. 양자강의 저기압이 오나 보오. 천기 예보에 말하기를, 일간 한 장마가 오리라고, 와야 아니하겠소?

마루에 전등을 켜놓고 잤더니, 나는 벌레들이 많이 들어와서 더러는 벽에 붙어서 자고, 더러는 마루에 떨어져서 죽었소. 조그만 놈, 큰 놈, 동글한 놈, 길죽한 놈, 옥색, 비췻빛, 노랑이, 알록이, 참말 가지각색이어서 두 놈도 같은 것은 없는 것 같소. 그중에서도 비췻빛 나는 나비가 참 가련하오. 손을 대면 깜짝 놀라서 그 보드라운 날개를 팔락거리고 서너 걸음 날아가오. 그러나 밤새 번뇌에, 애욕의 기쁨과 설움에 지쳐서 기운들이 없는 모양이오.

마루에 죽어 떨어진 시체들은 비로 쓸어도 가만히 있는데, 그중에 어떤 나비는 아직도 생명이 조금 남아서 파딱파딱하다가 도로 쓰러지고, 어떤 놈은 기운을 내어서 날아가오. 그러나 그들은 다 제가 할 일을 하고 이 몸을 벗어 버리고 간 것이오.

나는 전장을 생각하였소. 그저께 수와토우〔汕頭〕가 점
령이 되었는데, 적국이 내어버린 시체가 육백, 우리 군사
죽은 이가 스물둘, 상한 이가 사십 명이라오. 내 눈앞에는
피 흐르는 시체가 보이고, 붕대 동인 군사가 보이오. 나는
머리를 숙이고 눈을 감고 그네를 위하여서 빌었소.

백합이 오늘 아침에 한 송이 피었소. 호박빛 백합이야.
꽃에 코를 대어 보았더니, 벌써 향기는 다 나갔어. 아마
해 뜨기 전에 피어서 벌써 그 향기를 바치는 아침 공양이

끝났나 보오. 나는 이 한 송이 꽃을 멀리 전장에서 죽은 병사들의 혼령께 바치노라 하였소.

백합이 또 한 송이는 아마 내일 아침에는 필 것 같소. 내일은 내가 이 집을 떠나는 날이야. 백합 —— 내가 여름 내 물 주어 가꾼 백합이 내가 이 집을 떠나기 전에 피어 준 것이 고맙소. 장미는 거진 다 졌어.

금잔화가 아마 내일 아침에는 서너 송이 필 것 같소. 그것이 알맞이 내일 아침에 피거든, 백합과 아울러서 아침 공양을 하고, 이 집을 떠나게 되겠소. 부처님께와 여러 신님께와 전장에서 죽은 여러 용사님께와, 이 집에 나와 함께 살았으리라고 생각하는 여러 중생들께와.

분에 심은 봉숭아 두 나무, 빨강이 하나, 흰 것 하나가 웬일인지 어제 오후로부터 시들기 시작하여서 오늘 아침에도 깨어나지 못하고 아주 죽어 버렸소. 대단히 싱싱하였는데, 웬일일까. 잎사귀 겨드랑이마다 꽃봉오리를 달고 날마다 모락모락 자라더니, 고만 그 꽃을 못 피우고 말았소.

내가 아침마다 지팡이를 짚고 세검정 가게에 우유를 가지러 가는 것이 가엾던지, 어제부터 그 동네 아이가 우유를 갖다 주오. 고마운 일이오. 오늘 아침에 내가 세수하는 동안에 갖다가 놓고도 말도 없이 가 버렸는데, 아마 그 아이겠지요. 말도 없이 가 버린 것이 더욱 고맙소.

그저께는 개천가 집 영감님이 앵두 한 목판을 손수 들어다가 주셨소. 나는 여태껏 그 어른께 아무것도 드린 것이 없는데.

또 그 전날은 앞집 황이 아버지가 빈대떡을 부치고, 되비지(두부를 빼지 않은 비지)를 만들고, 술 한 병을 사 가지고 와서 말없이 나를 대접하였소. 아마 송별의 뜻이겠지요.

또 어저께는 삼철이 아버지가 일부러 오셔서,

"떠나시는 날, 짐 한 짐 져다드리겠어요."

하고 가셨소. 허리가 아파서 요새에는 일도 잘 못 간다는 노인이. 나는 거절도 못하고 받지도 못하고 황혼에 어리둥절하였소. 또 지난 공일날 밤에는 뒷집 숙희 아버지가 맥주 두 병을 사 가지고 와서 나를 대접하였소. 그는 날마다 아침 여섯 시에 나가서 저녁 일곱 시에야 돌아오는 이인데, 앞뒷집에 살면서도 한 달에 한 번 면대하기 어려운 이오. 섭섭하다고, 내가 떠나는 것이 섭섭하다고 수없이 섭섭하다는 말을 하였소.

나는 아무리 하여서라도 뜰에 섰는 나무 세 포기는 파가지고 가야 하겠소. 오늘 비가 오면 파내려오. 한 포기는 자형화(紫荊花)라는 것인데, 이것은 봉선사 운허대사가 지난 청명날 철쭉, 진달래, 정향, 무궁화와 함께 위해 보내어 주신 것이요, 또 하나는 사철나무인데, 이것은 앞집 영감님(그는 벌써 사 년 전에 돌아가셨소)이 갖다가 심어 주신 것이요, 또 하나는 월계와 해당인데, 이것은 뒷집 숙희 할아버지가 갖다가 심어 주신 것이오. 돈 값을 말하면 등네 포기, 목련 두 포기가 많겠지만, 이것은 새로 오는 이에게 선물로 드리고 가려오. 그렇지마는, 남이 정성으로 내게 준 기념물만은 아니 가지고 가는 것이 죄송한 듯하오.

또 가지고 가야만 할 것이 돌옷 입은 돌멩이 몇 갠데, 이것은 황이네 삼형제가 그 더운 날 땀을 뻘뻘 흘리며 져다 준 것이오. 열여덟, 열다섯, 열세살 먹은 삼형제가. 그들을 다 가지고 가자면 세 마차는 될 것인데, 다는 못하여도 예닐곱 개는 가지고 가지 아니하면 그 세 소년에게 대하여서 미안할 것만 같소.

끝으로 크게 감사하지 아니하면 아니 될 집이 하나 있소. 그 집은 점숙이네 집인데, 점숙이란 그 집 여덟 살 먹은 계집애 이름이오. 지난 팔월에 내가 병원에서 이 집으로 나와서 지금까지 있는 동안에 두어 달을 빼고는 그 집에서 내 식절을 맡아 하여 주셨소. 양식값 반찬값은 드렸지마는 하루 삼시 지성으로 나를 공궤(供饋 ; 음식을 드리는 일)하여 주신 후의는 참으로 뼈에 새겨져 잊을 수가 없는 일이오. 무엇 한가지라도 맛나게 먹어지라 하고 정성을 들인 것이 분명히 보이지 아니하오?

이것저것 모두 생각하니, 모두 고마운 이들이오.

응, 또 하나 춘네 집이라고 있소. 내 집에서는 한참 떨어져 있는 집인데, 내가 이 동네에 와서부터 춘이 아버지, 춘이 언니, 춘이 누나, 모두들 나를 일가같이 대접하여 주셨소. 어린애 돌날이라고 떡도 가져오고, 과일철이면 과일도 가져오고, 내가 병원에서 나왔다고 모두들 위문하고.

나는 이 동네에서 많은 신세를 지고 떠나오.

내가 지팡이를 끌고 어디 나가는 것을 보면,

"면이 아버지. 어디 가셔요?"

하고 불러 주고 싱그레 웃어 주고 따라와 주던 경희, 정희, 대복이, 명순이, 이러한 모든 어린아이들.

"진지 잡수셔겝시오?"

이 모양으로 만나면 읍하고 인사하여 주던 이름도 잘 모르는 동네 젊은이들.

그네들은 모두 나를 위해 주고 기쁘게 하여 주었소. 나는 그이들에게 아무것도 하여드린 것이 없는데. 허기야 모두 형제들이 아니오? 자매들이 아니오? 한등불 밑에 한 집에 한젖을 먹는 식구들이 아니오. 한등불이란 해 말요. 한집이란 이 지구 말요. 한젖이란 땅에서 나오는 물과 모든 곡식 말요. 내 코에서 나온 공기가 그대 코로 들어가고, 그대의 살 냄새가 내 코에 들어오지 않소?

지구라야 조그마한 티끌 하나 아니오? 이를테면 이 무궁한 우주라는 큰 집의 조그마한 방 한 칸 아니오? 우리 지구상에 사는 인류란 이 단칸방에 모여 사는 한식구야. 그러니 얼마나 정답겠소? 얼마나 서로 불쌍히 여기고 서로 도와야 하겠소.

짐승도 그렇지요. 새도, 벌레도, 나무, 풀도 그렇소. 다 마찬가지야. 나와 한집 식구야. 나와 같은 마음을 가지고 있소. 기뻐하고 슬퍼하고, 나고 죽고, 그의 살이던 것이 내 살 되고, 내 살이던 것이 그의 살 되고, 이것은 범망경(梵網經)까지 아니 보더라도 얼른 알아지는 것 아니오?

내 창 밖에 와서 울고 간 새가 어느 생에 내 아버지였는가 내 어머니였는가?

밥상에 파리가 덤비면 나는 날리오. 날리다가 화가 나면 파리채로 때려죽이오. 얻어맞은 파리는 바르르 떨다가 죽어 버리고 마오. 나는 파리하고 같은 음식을 다툰 것이오. 내가 먹으려는 것을 파리도 먹으려는 것이오. 같은 것을 먹고 사는구려. 한어머니 젖을 얻어먹고 사는구려──파리와 나와.

내 밥상에 놓인 푸성귀는 벌레를 좋아하는 음식이 아니오? 오이, 호박은 두더지가 좋아하는 것이오. 하필 송아지 젖을 얻어먹는 것만 가리켜 말할 것 없지요. 내가 먹는 물, 내가 받는 햇빛을 받아서 저 한련과 백합이 피지 아니하였소? 그런데도 한련은 한련이요, 백합은 백합이오. 나는 나란 말요. 같은 살로 되고 같은 것을 먹고 살지마는, 네요, 내요 다른 것이 있단 말이야. 이것이 하나 속에 여럿이 있고, 여럿 속에 하나가 있다는 것이오. 무차별 속에 차별이 있고 차별 속에 무차별이 있단 말요. 색즉시공 공즉시색, 색불이공 공불이색(色卽是空, 空卽是色, 色不異空, 空不異色)이라는 것이겠지요.

우리가 이렇게 차별 세계에서 생각하면 파리나 모기는 하나 죽일 수 없단 말요. 내 나라를 침범하는 적국과는 아니 싸울 수가 없단 말요. 신문에서 보는 바와 같이, 우리 군사가 적군의 시체를 향하여서 합장하고 나무아미타불을 부른다는 것이 차별 세계에서 무차별 세계에 올라간 경지야. 차별 세계에서 적이요, 내 편이어서 서로 싸우고 서로 죽이지마는, 한번 마음을 무차별 세계에 달릴 때에 우리는 오직 동포감으로 연민을 느끼는 것이오. 싸울 때에는 죽여야지. 그러나 죽이고 난 뒤에는 불쌍히 여기는 거야. 이것이 모순이지. 모순이지마는 오늘날 사바세계의 생활로는 면할 수 없는 일이란 말요. 전쟁이 없기를 바라지마는, 동시에 전쟁을 아니할 수 없단 말요. 만물이 다 내 살이지마는 인류를 더 사랑하게 되고, 인류가 다 내 형제요, 자매이지마는 내 국민을 더 사랑하게 되니, 더 사랑하는 이를 위하여서 인연이 먼 이를 희생할 경우도 없지 아니하단 말요. 그것이 불완전 사바세계의 슬픔이겠지마는 실로 숙명적이오. 다만 무차별 세계를 잊지 아니하고 가끔 그것을 생각하고 그리워하고 그 속에 들어가면서 이 차별의 아픔을 죽이려고 힘쓰는 것이 우리가 하여야 할 일이겠지요.

이런 생각들을 하면 무척 마음이 괴롭소. 이 세계가 왜 극락세계가 못 될까 하고 한탄이 나오. 그러나 검은 흙만인 듯한 땅도 자세히 찾아보면, 금가루 없는 데가 없는 모양으로, 얼른 보기에 생존 경쟁만 하고 있는 듯한 중생 세계에서도 자세히 살펴보면 샅샅이 따뜻한 사랑의 불똥이 숨어 있어. 이 지구가 온통 금덩이가 될 수가 없는 줄 아시오? 금이나 흙이나 다 같은 피요, 같은 살이야. 이 중생 세계가 온통 사랑의 세계가 못 될 줄 아시오? 일순간에 변화할 수 있는 것이오.

나는 이것을 믿소. 이 중생 세계가 사랑의 세계가 될 날을 믿소. 내가 법화경을 날마다 읽는 동안 이날이 올 것을 믿소. 이 지구가 온통 금으로 변하고 지구상의 모든 중생들이 온통 사랑으로 변할 날이 올 것을 믿소. 그러니 기쁘지 않소?

내가 이 집을 팔고 떠나는 따위, 그대가 여러 가지 괴로움이 있다는 따위, 그까짓 것이 다 무엇이오? 이 몸과 이 나라와 이 사바세계와 이 온 우주를(온 우주는 사바세계 따위를 수억 억만 헤아릴 수 없이 가지고 있었고 있고 있을 것이오) 사랑의 것으로 만드는 일이야말로 그대나 내나가 할 일이 아니오? 저 뱀과 모기와 파리와 송충이, 지네, 그리마, 거미, 참새, 물, 나무, 결핵균, 이런 것들이 모두 상극이 되지 말고, 총친화(總親和)가 될 날을 위하여서 준비하는 것이 우리 일이 아니오? 이 성전(聖戰)에 참예하는 용사가 되지 못하면 생명을 가지고 났던 보람이 없지 아니하오?

오정이 지났는데 아직도 비가 오지 않소. 흐리기는 흐렸는데 바람만 부오. 그러나 올 때가 되면 비가 오겠지요. 성화하지 마시오. 이 천지는 사랑의 천지요, 공평한 법적의 천지가 아니오?

우물 앞 그 화단에 봉숭아가 두 송이가 피었소. 볼그스레한 것이 갓난이 모양으로 잎사귀 겨드랑이에 안겨서 피었소. 봉숭아는 조선 가정 꽃의 대표가 아닐까요? 뒤꼍 장독대에 핀 봉숭아는 계집아이들이 가장 사랑하는 꽃이오. 그 순박하고도 어리석은 모양이 좋은 게지요. 그 꽃이 처음 필 때에는 너무도 반갑고 소중하여서 감히 손도 대지 아니하지마는, 가지마다 축축 피어서 늘어진 때에는 계집

애들은 그중 빨간 것을 골라서 고양이밥이라는 신 풀 잎
사귀와 섞어서 으깨어서 새끼손가락과 무명지의 손톱에
싸매고, 하얀 헝겊으로 감고 밤을 자고 나서 아침에 끌러
보면 빨갛게 물이 들지 않았소? 그것이 금강석이나 홍옥
보다도 아름다운 것이 아니었소? 그렇게 빨갛게 물든 손
톱을 보며,

'구름 간다, 구름 간다,

구름 속에 선녀 간다.

선녀 적삼 안고름에

울금대정 향을 찾다.

꽃밭에서 말을 타니

말발굽에 향내 난다.'

하는 노래를 부르지 않았소? 그 고름에 향을 찬 것은 처녀
자신이겠지요. 꽃밭에서 말을 타는 이는 그의 짝이 될 남
자겠지요.

시편 백 편을 적어서 이 편지를 끝냅시다.

'모든 나라들아, 기쁜 소리로 임을 찬송하라.

기쁨으로 임을 섬기고 노래하여 임의 앞에 나올지어다.

임은 하느님이시니, 임 아니시면 뉘 우리를 지으셨으
리?

우리는 임의 백성이요, 그의 목장에 길 되는 양이로다.

감사하면서 임의 문에 들고, 찬양하면서 임의 뜰에 들어갈지어다. 임을 고맙게 생각하고, 그 이름을 칭송할지어다.

대개 임은 자비하시고, 임의 은혜는 영원하며, 임의 진리는 만대에 변함이 없으실세라.'

그대여, 인생을 이렇게 볼 때에 기쁨과 노래밖에 또 무엇이 있겠소? 무슨 근심 걱정이 있겠소.

나는 기쁨으로 이삿짐을 싸려 하오.

꿈

꿈

바닷가의 첫여름 밤.

어제는 분명히 유쾌한 날이었다. 처음 보는 고장에를
구경차로 간다는 것은 인생에서 가장 유쾌한 일 중의 하
나이다. 하물며 앓던 아이들이 일어난 것을 보고 떠났음
이랴!

서울서부터 인천까지 오는 동안의 연로(沿路 ; 큰길의 좌
우 근처)의 풍경도 사 년 동안이나 못 보던 내게는 무척
정다웠다. 누릇누릇 익으려는 보리. 밀밭의 물결이라든
지, 시원스럽게 달린 경인가도의 새 큰길이라든지, 소사
의 복숭아밭들, 주안의 소금밭이며 때마침 만조인 인천

바다가 석양볕에 빛나는 것이라든지, 다 내 마음에 맞았고, 상인천역에서 송도까지 오는 택시 운전사가 또 퍽 유쾌한 인물이어서 내 길의 흥을 돋움이 여간이 아니었다.

호텔이라고 이름하는 여관의 살풍경하고 불친절한 것에서 얻은 불쾌감은 내 방 난간에 기대어 앉아서 잔잔한 바다를 보는 기쁨으로 에고도 기쁨이 남았다. 목욕도 좋았고 밥도 맛있었고 식은 맥주 한잔도 해풍과 함께 서늘하였다. 열한 살 나는 어린 아들도 대단히 흥이 나서 좋아하였다.

"자, 우리 자자. 자고 내일 아침에 일찍 일어난다구. 일찍 일어나서 바닷가에 산보한다구."

"나 조개 잡을 테야."

"그래, 게도 있다."

"물지 않아?"

"무니까 재미있지. 무는 놈을 못 물게 잡아야 재미 아냐?"

부자간에 이런 대화가 있고 우리는 자리에 들었다.

하룻밤에 방세만 육 원! 우리 부자만 내일 점심까지 먹고 나면 십칠, 팔 원은 든다! 그것은 나 같은 가난한 서생에게는 큰돈이다. 그래도 유쾌하였다.

"이렇게 유쾌한 때가 일생엔들 그리 흔한가?"

나는 이렇게 스스로 돈주머니를 위로하면서 잠이 들었다.

문득 잠이 깬 것은 새로 한 시, 내가 눈을 뜨는 것과 복도에서 시계가 치는 것과 공교히도 동시였다.

느린 냇물 소리가 멀리서 울려왔다. 달빛이 훤하였다.

나는 일어나서 난간 앞에 놓인 등교의(藤交椅 ; 등나무의 줄기로 엮어 만든 의자)에 걸터앉았다. 하늘에는 솜을 뜯어 깔아 놓은 듯한 구름이 있었다. 땅에 바람이 없는 것은 물결이 싸울싸울하는 것으로 보아서 알겠지마는, 하늘에는 상당히 바람이 부는가 싶어서 달이 연방 구름 속으로 들었다 났다 하였다. 음력 열이렛날은 한편 쪽이 약간 이지러졌으나 아직도 만월의 태를 잃지는 아니하였다. 그는 시끄러운 구름 떼를 벗어나려고 푸른 하늘 조각을 찾아서 헤매는 것 같았다. 그러나 아무리 맑은 하늘을 찾아서 달려도 구름은 어디까지나 달을 쫓아가서 가리우고야 말려는 것 같았다.

그러나 땅은 고요하였다. 먼 바위에 철썩거리는 물결 소리가 들릴락말락한 것이 더욱 땅의 고요함을 더하는 것 같았다. 지은 지 얼마 아니 되는 이 집 재목들이 수분을 잃고 죄어드느라고 바짝바짝 하는 소리까지도 들리는 것 같았다. 멀리 바다 건너 남쪽으로 보이는 섬 그림자들이 희미하게 꿈 같았다.

이렇게 고요한 환경이 모두 무서웠다. 나는 무시무시한 죽음의 그늘 속에 몸을 둔 것과 같았다. 머리가 쭈뼛쭈뼛 하였다.

꿈 때문이다.

꿈에도 그것은 달밤이었다. 나는 사랑하여서는 아니 될, 그러나 그리운 사람을 만났다. 그것은 괴로운 일이었 다. 그 그리운 사람은 바짝바짝 내게로 가까이 왔다. 나는 마음으로는 그에게로 끌리면서 몸으로는 그에게서 물러나 왔다. 그것은 애끊는 일이었다.

"내 곁으로 오지 마시오. 당신의 그 아름다운 양자(樣 姿;겉으로 나타난 모양이나 모습 따위)와 단정한 음성으로 내 마음을 흔들어 놓지 마시오. 그러다가 내 마음이 뒤집 히리다."

나는 이런 소리를 입 속으로만 중얼거리면서 그에게로 부터 멀리로 멀리로 달아났다. 그것은 참으로 못 견디게 괴로운 일이었다.

"잠깐만 ── 잠깐만 기다리셔요, 네, 잠깐만. 한 말씀 만 ── 한 말씀만 내 말을 들어 주셔요."

아름다운 이는 이렇게 숨찬 소리를 부르면서 풀잎에 맺 힌 이슬에 치맛자락을 후줄근하게 적시면서 따라왔다.

"아니, 나를 따라오지 마시오. 그러다가 내 숨이 막혀 버리고 말리다. 나도 당신을 사랑할 사람이 못 되고 당신 도 나를 사랑하지 못할 처지에 있습니다. 당신의 입술로 서 나오는 말씀은 내가 영영 아니 듣는 것이 좋습니다. 들 었다가 내 결심의 가는 닻줄이 끊어질는지 모릅니다. 지 금까지에 거진거진 다 끊어지고 실올같이 남은 못 믿을 내 마음의 닻줄──그것이 끊어지는 날에는 다시는 내 마 음을 비끄러맬 아무것도 없습니다. 그것이 한번 끊어지는 날을 상상하여 봅시오. 당신과 나와의 두 몸과 두 혼은 지 옥으로 지옥으로 굴러 들어갈밖에 없는 것입니다. 당신과 나를 이렇게 못 견디게 그립게 만드는 그것은 무서운 업 력(業力)입니다. 운명의 음모입니다. 그렇고말고, 꼭 그렇 습니다. 그러길래로 내가 모처럼 당신을 잊어버릴 만한 때에는 당신이 그 다정스럽고도 가련한 눈물을 머금고 내 앞에 나타나는 것입니다. 그 음모에 넘어갈 것입니까. 수 십 년 공든 탑을 무너뜨릴 것입니까. 아예 나를 따라오지 마셔요. 기실은 마음으로는 내가 따르는 것입니다마는, 여보시오, 우리 이 인연의 줄을 끊읍시다. 야멸치게 끊어 버립시다."

이렇게 중얼거리면서 나는 달려갔다.

그의 느껴 우는 소리가 들린다.

나는 어느덧 산 속으로 들어왔다. 달밤이었다. 산이래
야 나무도 없고 풀도 없었다. 거무스름한 무덤들이 골짜
기 그늘에서 삐죽삐죽 머리들을 들고 있었다.
　"나는 무서워하여서는 아니 된다. 무섭긴 무엇이 무서
워. 나는 무섭지 않다."

꿈

하면서 나는 골짜기를 빠른 걸음으로 올라간다. 그것을 다 추어 올라가면 평평한 수풀이 있었다. 거기를 올라가야만 내가 무서움을 벗어날 것만 같았다. 그러나 내 걸음은 빨리 걸으려 할수록 나아가지는 아니하고 골짜기 그늘의 무덤은 한량이 없는 것 같았다.

"무엇이 무서워, 무덤이 왜 무서워. 금시에 무덤이 갈라져서 그 속에서 썩은 송장과 해골들이 불쑥불쑥 일어나 나오기로니 무서울 것이 무엇이야?"

나는 이렇게 뽐내면서 걸었다.

그러나 자꾸만 무서웠다. 내 입은,

"안 무서워, 안 무서워!"

하고 그와 반대로 내 마음은,

'아이, 무서워. 아이, 무서워!'

하고 떨었다.

나는 무덤들을 아니 볼 양으로 고개를 무덤 없는 편으로 돌렸다.

그러나 무덤은 내 눈을 따라오는 듯하였다.

"날 안 보고 어딜 가? 날 안 보고 어딜 가?"

수없는 무덤들은 이렇게 웅얼거리고 내 눈을 따르는 것 같았다. 반은 그늘에 가리우고 반은 어스름 달빛에 비치인 수없는 무덤들!

나는 그 무덤들을 아니 보려고 두 눈을 꽉 감았다.

그러나 그러면 모든 무덤들이 내가 안 보는 틈을 타서 내게 모여드는 것 같았다. 더러는 내 옷자락을 붙들고, 더러는 내 손을, 더러는 내 발을, 더러는 내 허리를, 더러는 내 목을, 내 머리카락을 한 올씩 붙들고 십방으로 낚아채는 것 같았다.

온몸에는 소름이 끼치고 전신에는 부쩍부쩍 기름땀이 났다.

나는 눈을 떴다. 그러면 여전히 반은 그늘에 가리우고 반은 달빛에 몽롱한, 거무스름한 무덤들이 내 전후 좌우를 쭉 둘러쌌다. 평평한 수풀은 여전한 거리에 빤히 보였다.

"너희들은 왜 이리 나를 못 견디게 구노? 내가 너희들과 무슨 관계가 있노?'

나는 무덤들을 바라보고 이렇게 소리를 질렀다. 그러나 무서움에 졸아든 내 목구멍에서는 소리가 나오지를 아니하였다.

나는 그중에 가장 내 앞에 가까이 있는 무덤을 향하여서,

"네 무덤을 열고 나서라. 아무리 무서운 모양을 하였더라도 상관없으니 어서 나서라. 나서서 내게 지운 빚을 말하여라. 내게 할말을 똑바로 하여다고. 내가 네게 무엇을

잘못하였나? 내가 너를 때렸나? 네 재물을 빼앗았나? 네 사랑하는 사람을 범하였나? 내가 네게 무슨 원통한 일을 하였나? 아무리 무섭고 보기 흉한 꼴이라도 다 상관없으니 어서 나서서 말을 해! 내가 갚을 것이면 갚아 주마. 왜 나를 이렇게 무섭게 하고 못 견디게 구나?"

그러나 그 무덤은 말이 없었다. 다만 메마른 흙에 겨우 뿌리를 박은 풀이 간들간들할 뿐이었다.

나는 모든 무덤을 향하여서 같은 소리를 하였다. 네게 원통한 일을 한 일이 있거든 어서 말을 하라고. 내게서 받을 것이 있거든 어서 받아 가라고. 그리고 나를 이렇게 무섭게 하고 못 견디게 하기를 고만두라고. 실상 나는 몸뚱이를 천만 조각을 내어서 모든 빚을 다 갚아 주고 머리카락 한 올만 남더라도 좋으니 이 무서움에서 벗어나고 싶었다.

그러나 무덤들은 말이 없었다. 다만 반은 그늘에, 반은 달빛에 거무스름하게 앉아 있을 뿐이었다.

무덤들이 말이 없는 것이 더욱 무서웠다.

어디서 사람의 느껴 우는 소리가 들려온다. 나는 오싹 새로운 소름이 끼침을 깨닫는다.

"오, 너도 내게 받을 빚이 있어서 나를 따르는가? 저 무덤 속에 묻힌 사람들 모양으로 너도 내게서 무슨 원통한 일을 당하였던가? 그래서 마치 빚지고 도망한 사람을 찾아 떠나듯이 이 세상에 들어와서 나를 따라다니는가? 그렇게 아름답고 다정한 모양을 하여 가지고 내 마음을 어질러 놓고 그러면서도 내가 손을 대지 못할 자리에 있어서 내 애를 태우는 것인가?"

"여보시오, 꼭 한 마디만——한 마디만 내 말씀을 들으셔요, 우우우."

그의 울음 섞인 목소리가 여전히 먼 거리에서 들려온다.

"안 돼, 안 돼."

하고 나는 무덤 사이로 달린다. 도저히 내 힘으로 이 무서움을 억제할 길이 없어서,

"나무아미타불, 나무관세음보살."

을 소리 높이 부르면서 있는 힘을 다하여서 그늘의 골짜기를 달려 올랐다. 이러하는 중에 내 꿈이 깬 것이다. 몸에 식은땀은 흘러 있지 아니하였으나 꿈에 있던 음산한 기분은 그저 있었다.

달은 구름 사이로 달린다. 그 구름 조각들을 벗어나려고 애를 쓰는 모양이나, 어디까지 가더라도 그 구름을 벗어날 것 같지 아니하였다.

나는 이 모든 광경——달과 구름과 하늘과 바다와 먼 섬 그림자와 그리고 내 몸과——을 아름답게 유쾌하게 보

아 볼 양으로 힘을 썼다. 나는 일어나서 난간에 기대어 앉아서 담배를 피워 물었다. 담배맛이 쓰기만 하다.

"내게 신열이 있나?"

나는 이렇게 중얼거리면서 내 머리를 만져 보았다. 머리는 좀 더웠으나 내 손이 찬 탓인지 모른다고 생각하고,

"내가 피곤해서 이렇군."

하고 혼자 변명하여 보았다. 피곤도 하였다. 어린 두 딸이 이어이어 홍역을 하였다. 유치원 다니는 아이가 먼저 홍역에 걸렸다. 바로 그 전 공일날 나를 따라서 청량리에 나가서 풀꽃을 뜯고 나비를 따라다니고 그렇게 건강, 그 물건인 듯하던 것이 삼사 일 내에, 그 높은 열에 시달려서 폐렴까지 병발하여서 거진 다 죽었다가 살아났다. 그러자 작은딸이 또 홍역이다. 그도 제 언니가 밟은 길을 다 밟고 산소 흡입까지 사흘밤이나 하고야 살아났다. 그것들이 때가 까맣게 낀 발로 비칠비칠 걷게 된 것이 이삼 일 째다. 나는 병장이라고 앓는 아이들 머리맡에서 밤을 새우는 일도 아니하였지마는 그래도 아비라고 마음은 썼는 양하여서 얼굴이 쑥 빠지고 눈이 푹 꺼졌다. 그래서 그런가.

나는 내 곁에서 곤하게 자는 아들이 홍역하던 것을 생각하여 본다. 헛소리를 하고 눈을 뒤집고 하던 양, 내 아내와 나와는 큰애를 잃은 지 두어 달도 못 지나서 당하는

일이라 손길을 비틀고 가슴을 졸이던 양을 생각하여 본다. 모두 무서운 꿈 기억과 같았다.

홍역은 전생의 모든 죄를 탕감하는 병이라고 한다. 그러므로 누구나 아니하는 사람이 없다고 한다. 죄없는 사람이 없으며 홍역 아니하는 사람이 없다는 것이다. 마마도 그러하다. 인공적이라도 마마는 한 번 치르고야 만다.

이러한 연상들은 모두 불길한 데로만 내 생각을 끈다. 잃는 것, 죽는 것 들들.

철썩, 철썩.

바닷가 바위에 부딪치는 물결 소리가 들린다. 달은 구름 조각 사이로 달린다. 달빛을 받는 바다의 빛이 밝았다 어두웠다 한다. 모두 음침한 것만 같다.

나는 젊어서부터 내가 사랑하던 사람들을 추억해 본다. 내 기분을 명랑하게 하자는 것이다. 모든 러브신들을 추억하여 본다. 그러나 그것들이 모두 음침한 꿈과 같았다. 그 애인들의 몸에는 때묻은 옷이 걸쳐 있고 눈에는 빛이 없고 살은 문둥병자 모양으로 무덤 속에서 뛰어나온, 반쯤 썩은 송장 모양으로 검푸르고 악취를 발하였다. 나는 고개를 돌렸다.

"그렇지, 그것이 실상이지."

나는 이렇게 중얼거렸다. 정욕(情欲)이라는 분홍 안경

을 쓰기 전 이 모든 광경은 아름다워질 수가 없었다. 그러나 나는 그 안경을 잃어버렸다. 어느 날 어느 시에 어디다가 내어버린 것도 아닌데 언제 잃어버린지 모르게 그 정욕의 안경을 잃어버리고 말았다.

문득 이러한 생각이 났다.

'아니다, 아니야! 우주와 인생이 모두 다 아름다운 것인데 내 눈이 죄로 어두워서 이렇게 흉하게 무섭게 보이는 것이다!'

그렇게 생각하면 거기도 진리는 있는 것 같았다. 내가 홍역을 하는 것이었다. 홍역을 할 때나 마마를 할 때에는 (성홍열이나 염병이나 인플루엔자도 그렇다) 허깨비가 보인다. 벙치 쓴 놈, 몽둥이 든 놈, 눈깔 셋 박힌 놈, 여섯 박힌 놈, 거꾸로 서서 다니는 놈, 뱀, 고양이, 머리 헙수룩한 놈, 입으로 피 흘리는 계집, 아이들, 이러한 무서운 허깨비들이 보인다. 그것들은 다 나와 은원 관계 있는 자들이 내게 찾을 것을 찾으려고 덤비는 것이다. 오관의 모든 감각과 정욕이 고열로 하여서 마비될 때에 내 본래의 혼이 어렴풋이 눈을 뜨는 것이다. 그 눈은 필시, 내 임종시에 내가 갈 곳을 볼 눈이다.

나는 이러한 생각을 할 때에 몸이 오싹 소름이 끼쳤다. 허공과 바다와 먼 산 그림자로부터 무서운 혼령들이 악을

쓰고 내게,

"내라, 내! 내게 줄 것을 내라, 내!"

하고 달려드는 것 같았다.

"오냐, 받아라, 받아! 찾을 것 있거든 받아! 옛다, 내 목숨까지라도 받아!"

나는 이렇게 악을 써 보았다.

그러나 그것은 태연한 용기가 아니라 발악이었다.

"선선하군."

하고 나는 이불 속으로 들어갔다. 선뜩하는 이불 속에도 구렁이, 지네, 노래기, 이런 것들이,

"내라, 내."

하고 덤비는 것 같고 다다미 틈으로서도 그런 것들이 올라오는 것 같았다.

"쩍, 부쩍."

하고 집 재목들이 건조하여서 틈 트는 소리가 들렸다. 어디서 고약한 냄새가 내 코를 찌르는 것 같았다.

"새 집, 새 다다미, 새로 시친 옷깃, 이불 껍데기."

나는 이렇게 꼽아 보았으나 도무지 냄새 날 데가 없었다. 그래도 못 견디게 흉한 냄새가 코를 찔렀다. 나는 돌아누워 보았다. 도로 마찬가지였다.

"응, 쩟쩟."

하고 나는 한숨을 쉬었다.

"홍역이다, 홍역이야."

나는 혼자 중얼거렸다.

그것은 다 자신의 냄새였다. 내 썩은 혼의 냄새였다.

'썩은 혼!'

나는 이러한 견지에 과거를 추억한다. 추억하려고 해서 추억하는 것이 아니라, 마치 누가 시키는 것같이 마치 염라대왕의 명경대 앞에 세워진 죄인이 거울에 낱낱이 비치인 제 일생의 추악한 모든 모양을 아니 보려 하여도 아니 볼 수 없는 것같이, 나도 이 순간에 내 과거를 추억하지 아니치 못하게 된 것이었다.

"죄, 죄, 죄. 탐욕, 사기, 음란. 탐욕, 사기, 음란. 이간, 중상, 죄, 죄, 죄."

다시 벌떡 일어났다.

"그래, 그래. 무서울 거다. 무서울 거야. 냄새가 날 거다. 썩은 냄새가 날 거다."

나는 이렇게 중얼거렸다.

나는 일어나 앉아서 관세음보살을 염불하였다.

"種種諸惡趣. 地獄鬼畜生. 生老病死苦. 以漸悉命滅."
이라고 가르쳐 주신 석가여래의 말씀에나 매달려보자는 것이었다. 관세음보살은 '施無畏著' 라고 부처님이 가르쳐 주셨다. 무섭지 않게 하여 주시는 어른이란 말씀이다.

'만일 임종의 순간에 이렇게 무서운 광경이 앞에 보인 다면.'

하는 생각이, 내가 반야바라밀다심경을 외우는 동안에도 몇 번이나 몸서리를 치게 하고 지나갔다.

"五蘊皆空이다. 모두 다 공인데 무어?"

이렇게 뽐내어 본다. 그러나 오온(五蘊 ; 불교에서 세계를 창조·구성하고 있는 요소를 다섯 가지로 분류한 것으로, 색(色 - 육체)·수(受 - 감각)·상(想 - 상상)·행(行 - 마음의 작용)·식(識 - 지식)을 말함)이 다 공이면서도 인과응보가 차착(差錯 ; 순서가 틀리고 앞뒤가 맞지 않음) 없음이 이 세계라고 한다.

"아가, 오줌 누고 자거라. 응, 오줌 누고 자."

하고 나는 자는 아들을 흔들면서 불렀다.

그러고는 다시 잠이 들었다. 무서움에 지쳐서 잠이 들었나 보다.

이튿날 나는 아들을 데리고 바닷가로 돌아다니기도 하고 보트도 탔다. 지난밤 꿈은 다 잊어버린 사람 모양으로. 그리고 점잖을 빼면서, 마치 지극히 깨끗한 성자나 되는 듯이 안정한 표정을 가지고 집으로 돌아왔다. 홍역 앓고 일어난 어린 딸들은 끔찍이 좋은 아버지인 줄 알고,

"아버지."

하고 와서 매달렸다. 나는 빙그레 웃었다.

이광수

자아성장과 귀의의 미학

구인환(서울대 명예교수, 소설가,
문학과문학교육연구소 소장)

1

춘원(春園) 이광수(李光洙). 어려서 부모를 여의고 고아가 되
어 누이동생과 유랑하면서 내일을 꿈꾸던 그는 파란 많은 삶을
겪으면서 근대 문학의 개척자요, 논객의 선두자로 우뚝 섰다. 일
찍 결혼한 까닭에 이상과 현실의 괴리에서 방황하면서 독립운동
에 투신하고, 도산 안창호와 연루된 '수양동우회' 사건으로 옥고
를 치르면서도 300여 편의 논설과 50여 편의 문학비평, 28편의
단편소설, 37편의 장편소설을 비롯해 많은 수필과 시를 남긴 이
광수! 그렇지만 그는 6·25 한국전쟁 때에 납북되어 병사(病死)
하는 불운을 맞았다. 한민족의 일념으로 살아온 그가 같은 민족
에 의해서 완숙한 사상을 작품화하지 못하고 저승으로 간 것이
어찌 이광수만의 비극이겠는가.

이광수의 어린 시절은 한마디로 불운과 고난의 연속이었다. 아
버지 이종원(李鍾元)과 마흔두 살이던 그에게 스물둘의 나이에
삼취로 시집온 어머니 충주 김씨, 그리고 풍신 좋고 풍류를 아는
선비 출신의 할아버지 이건규(李健圭). 그러나 가문의 몰락으로
사랑방의 식객 노릇을 하고 있던 이씨 집안에 태어난 이광수는

11세에 콜레라로 아버지를 잃은 지 8일 만에 같은 병으로 어머니 마저 잃고는, 두 누이동생과 함께 고아가 되어 친척집을 전전하는 불운에 처한다. 이런 이광수에게 만약 고아 시절 한 여인의 따뜻한 위로와, 한 여자 수련의사의 눈빛과, 인촌(仁村) 김성수(金性洙)의 도움이 없었다면 아마도 그는 김소월의 〈진달래꽃〉으로 유명한 평북 정주땅의 한 이름없는 농부로 생애를 마쳤을지도 모른다. 바로 이러한 필연들 때문에 그는 과학과 교육의 입국을 강조하고 구습을 비판하는 장편 〈무정〉과 도산 안창호 선생의 준비론적 사상이 담긴 논문 〈민족개조론〉을 발표하여 문필과 논객으로서 그 명성을 떨칠 수 있었던 것이다.

이광수는 문필가이기보다 논객이기를 좋아하였다. 〈마의태자〉, 〈단종애사〉, 〈이순신〉과 같은 역사소설을 발표하면서 이광수는 『동아일보』의 사설(社說)·횡설수설(橫說竪說)·소설(小說)·논설(論說)의 사설(四說)을 써서 문필가만이 아니라 논객으로 그 필봉(筆鋒)을 빛냈다. 그는 언론계에서 주로 활동하면서 〈흙〉을 발표하여 농촌 계몽운동을 일으켰고, 〈군상〉으로 혁명가의 생활을 보여주기도 하였다. 또 조국의 국토를 너무 사랑한 까닭에 자주 순례를 하여 〈충무공 유적순례〉, 〈오도답파여행〉, 〈금강산 유기〉 등의 기행문도 많이 발표하였다.

그런데 이광수의 생애에 있어서 한 가지 주목할 점은 그의 주변에 유난히 여인들이 많았다는 점이다. 12세 때 동학에 입도하여 박찬명 대령 밑에서 일을 하면서 알게 된 다섯 살 연상의 여인 예옥(이 여인은 후에 〈흙〉에 나오는 유순의 모델이 됨), 마음에도 없이 결혼하여 장남 진근을 낳은 백혜순, 장편 〈무정〉을 거의 끝낼 즈음 심한 각혈로 찾아간 병원에서 첫눈에 반하여 수다한 고난을 겪은 끝에 재혼한 허영숙, 부원고원(赴原高原)의 넓은 호반에서 영운(嶺雲)이란 호를 지어준 모윤숙, 〈유정〉의 여주인공의 모델이라는 설이 있는 화가 박로경, 돈 많은 명기 김두옥, 삭발하고 여승이 되어 시와 수도로 일생을 보낸 김일엽 등 이광수를 따르고 모시던 여인들이 많았는데, 그 여인들은 한결같이 모두 신여성들이었다.

아무튼 이광수는 48세 때인 1939년에 〈육장기〉에 나오는 대로 자하문 밖에 손수 세운 집을 팔고 효자동으로 이사했다가, 1944년에 경기도 양주군 사능으로 이사가서 전원생활을 하였다. 그러나 이광수가 마지막으로 집필한 집은 효자동에 있는 한옥집으로, 〈서울〉을 연재하다가 6·25 한국전쟁을 만나 납북되어 돌아오지 못한 채 기구하고 풍운아적인 생애를 마쳤다.

한국의 많은 작가 중에 이광수와 같이 작품이 많이 읽히고 사람들의 입에 자주 오르내리는 작가도 많지 않다. 그것은 이광수가 문필가로, 또 논객으로 문학과 사회운동의 대산맥을 이루고 있기 때문이다. 그 가운데서 소설은 〈무정〉을 시작으로 이광수 문학의 중추를 이루고 있다. 그의 소설은 〈어린 희생〉, 〈소년의 비애〉, 〈방황〉 등 초기 단계를 지나, 〈무정〉에서 본격적으로 출발하여 〈개척자〉, 〈재생〉, 〈흙〉 등 수많은 장편소설로 발전하는 여정을 거친 후에 〈사랑〉, 〈원효대사〉에 이르는 문학공간을 이루고 있다.

　이광수 소설은 또 〈어린 벗에게〉, 〈소년의 비애〉 이후 〈육장기〉, 〈무명〉에 이르는 단편소설과 〈무정〉, 〈개척자〉 이후 〈사랑〉에 이르는 본격소설, 그리고 〈허생전〉, 〈이차돈의 죽음〉 이후 〈원효대사〉에 이르는 역사소설의 세 경향으로 정립(鼎立)하고 있다. 그러나 이광수의 경우 단편 역사소설이 별로 없어 이광수 소설은 본격적인 장편소설과 역사를 제재로 하는 장편소설로 양분할 수도 있다. 또한 〈가실〉이나 〈무명〉, 〈영당 할머니〉, 〈육장기〉 등의 단편소설과 〈허생전〉, 〈이차돈의 죽음〉, 〈원효대사〉 등의 역사소설은 이광수 소설의 총체적인 의미보다 개별적인 작품으로 분산되어 있는 데 비하여, 〈무정〉에서 〈사랑〉에 이르는 본격소설은 이광수 소설세계의 발전과 그 성취의 의미를 형성하고 있다. 그것은 이광수가 〈무정〉에서 보여준 교육 및 과학 입국의 열린 가능성과 〈사랑〉에서 북한요양원(北漢療養阮)이란 낙원을 성취하는 데서 잘 알 수 있다. 이와 같이 이광수 소설은 단편소설과 역사소설, 그리고 본격소설의 세 유형으로 나뉘어지는데, 그중 본격소설이 이광수 소설의 주축을 이루어 이광수 문학의 거봉(巨峰)을 이루고 있는 것이다.

　2
　이광수의 단편소설은 초기의 자아성장과 후기의 불교에 의한 귀의의 미학에 몰입하는 경향을 이루고 있다. 〈소년의 비애〉, 〈꿈〉, 〈육장기〉는 자아의 성장과 성찰을 나타낸 작품이요, 〈무명〉

과 〈영당 할머니〉는 불교의 귀의의 미학을 담은 작품이다. 이광수
는 〈정육론〉을 시작으로 〈조혼의 악습〉, 〈우리의 이상〉, 〈민족개
조론〉 등 민족의 자각 및 인간의 자유와 그 성취를 주장하는 논설
을 펼치면서 누구나 쉽게 읽을 수 있는 소설을 발표하여 널리 읽
히게 했다. 〈여(余)의 작가적 태도〉에 의하면, 이광수는 일제하에
서 자유로이 동포에게 통정할 수 있는 심회(心懷)의 일부분을 말
하는 방편(方便)으로 소설을 쓰면서, 민족의식 및 민족애의 고조,
민족운동의 기록, 검열관이 허하는 한도에서의 민족운동의 찬미,
만일 할 수만 있다면 선동까지도 하는 주의로 소설을 쓰고 있다.
　〈무명〉은 이광수가 47세 때 옥고를 치르고 보석으로 나온 뒤
대학병원에 입원중 박정호라는 문하생에게 구술하여 탈고하고,
이듬해에 『문장(文章)』창간호에 발표한 작품으로, 감옥의 병감생
활의 실상을 여실하게 그리면서 무명의 인생을 관조하고 있는 작
품이다. 도장 위조죄로 투옥된 윤씨, 껍질과 뼈만 남은 방화범 민
씨, 사기혐의 미결수 정씨, 공갈취재 혐의로 복역중인 강씨, 두
사람의 간병부, '나'의 병감 속에서의 사바세계에 집착하는 심리
적 갈등과 체념을 사실적으로 그려 이광수 단편의 대표작으로 꼽
히고 있다.
　〈영당 할머니〉는 기구한 운명의 두 늙은 여인이 절간의 한방에
서 생활하며 벌어지는 각기 다른 생활과 갈등을 '나'를 통해서 실
감있게 그린 단편이다. 〈무명〉이 감옥이라는 닫힌 공간에서의 갈
등에 의한 성격을 창조하고 있는 데 반해, 〈영당 할머니〉는 산사
(山寺)라는 넓게 열린 공간에서 한방에 사는 인간의 심리를 섬세

하게 그리고 있는 것이 흥미롭다.

〈소년의 비애〉와 〈꿈〉, 〈육장기〉는 이광수 단편소설의 전형이면서 독특한 특색을 지닌 작품이다.

먼저 〈소년의 비애〉(1917)는 최남선이 주재한 『청춘(靑春)』에 실린 작품으로 〈어린 벗에게〉나 〈방황〉, 〈윤광호〉와 같이 자아의 성찰과 성장의 지향을 보여준 작품이다.

이 작품은 18세의 학생으로 사랑스럽고 재주있는 사촌 누이 난수를 무척 아끼는 문호가 어이없는 난수의 혼인에 분개하면서도 사회의 악습에 어쩌지 못하고 순응할 수밖에 없는 모습을 그리고 있다. 어느새 아기 아버지가 되고 수염이 난 세월의 흐름을 주름이 많아진 어머니의 모습으로 암시하는 묘미를 보여준다. 난수는 8·15 해방 후에 쓴 장편소설 〈나〉의 '넷째 이야기' 속에 나오는 실단의 이야기와 똑같아 〈소년의 비애〉는 이광수와 사촌 누이들과의 사이에 일어난 자전적 소설로 볼 수 있다.

〈꿈〉은 『문장』(1939. 7) 임시 증간호에 발표한 작품으로, 전작 장편소설 〈꿈〉과 제목이 같은 소설이다. 단편 〈꿈〉은 아들과 함께 바닷가에 놀러간 주인공이 꿈 속에서 사랑해선 안 되는 여인을 피해 달아나다 무덤 속 혼령들의 저주에 시달리는 내용으로, 죄의 속죄를 불교적 관점에서 추상적으로 그려낸 작품이다.

또 〈육장기〉는 이광수가 〈무명〉과 〈꿈〉을 발표한 그 해에 연이어 발표한 것으로, 체념의 법열(法悅)을 나타낸 작품이다. 평생을 마칠 생각으로 손수 자하문 밖 홍지동에 지은 산장을 팔게 된 사건을 중심으로 그때의 심경을 만주에 있는 제자(박정호로 추정

됨)에게 보내는 편지 형식의 소설이다. 오월 단오 청개구리가 울고 꽃들이 피는 산장에서 공장에 다니는 동네 처녀, 짐을 져다 준 황이네 삼형제, 앵두를 가져온 개천가 집 영감네 식구, 이름은 몰라도 만날 때마다 인사를 건네던 동네 아이들과 젊은이들, 이러한 풍경과 인정이 담담하고 다정하게 표현되어 있다. 집을 지은 지 6년 만에 할 수 없이 파는 산장. 자연과 따뜻한 인정의 조화 속에 체념의 미학이 잘 나타나 있다.

이광수 단편소설은 초기의 성장의 지향과 후기의 불교에의 귀의로 사바세계를 살아가는 생활과 초탈의 심정을 그리고 있다. 이광수는 천도교, 기독교, 불교의 종교를 거치면서 후기에는 〈원효대사〉, 〈이차돈의 죽음〉, 〈무명〉, 수필 〈인생의 향기〉와 같은 작품으로 불교사상을 심화시켜 이광수 문학의 대관산을 이룬다.

이광수

■ 1892년(1세)······음 2월 1일, 평안북도 정주군 갈산면 익성리에
서 이종원(李鍾元)과 그의 세 번째 부인 충주 김씨 사이에서 외아
들이자 전주 이씨 문중 5대 장손으로 태어남.

■ 1894년(3세)······가세가 기울어 극심한 생활고를 겪음. 아명을
보경(寶鏡)이라 함.

■ 1897년(6세)······첫째 누이동생 애경이 태어남. 외조모 양씨가
별세함.

■ 1899년(8세)······향리의 서당에서 〈논어(論語)〉, 〈맹자(孟子)〉 등
의 한학을 수학함. 백일장에서 장원하고 신동으로 불리움.

■ 1900년(9세)······자성산 기슭으로 집을 줄여 이사함. 둘째 누이
동생 애란이 태어남.

■ 1902년(11세)······8월에 부모가 콜레라로 8일 사이에 차례로 사
망하자 삼남매가 일시에 고아가 됨. 그 뒤에 외가와 재당숙 집을
오가며 자람.

■ 1903년(12세)······남의 집에 준 둘째 누이동생이 10월에 이질로
요사함. 12월에 동학에 입도하여 서기 일을 함. 박찬명 대령 집에
서 기숙하며 동경과 서울로부터 오는 문서를 베껴 배포하는 심부름
을 맡음.

■ 1904년(13세)······8월에 정주읍에서 동학도인이 조직한 '진보
회'에 가입하였으나, 일본 관헌의 동학 탄압으로 체포령이 내려 피
신하기 위해 상경함(진남포에서 배편으로 제물포를 거침). 서조모
의 별세로 다시 귀향함.

■ 1905년(14세)······2월에 상경하여 삭발을 함. 6월에 일진회가

만든 학교에 입학함. 8월에 일진회의 유학생으로 뽑혀 일본으로 건너감. 동해의숙(東海義塾)에서 일어를 배움.

■ 1906년(15세)······ 3월에 대성중학교에 입학하여 당시 19세로 동급생이던 홍명희(洪命憙)와 교유함. 11월에 태극학회(太極學會;관서출신 유학생회)의 회원이 되면서 문일평(文一平)과도 교제함. 11월에 학비를 조달하지 못해 일시 귀국함.

■ 1907년(16세)······ 2월에 학비를 마련하여 다시 일본으로 건너감. 백산학사(예비학교)에 들어갔다가, 명치학원(明治學院) 보통부 3학년에 편입하여 문일평과 동급생이 됨. 홍명희·문일평 등과 '소년회'를 조직하여 회람지『소년(少年)』을 발행하고 시와 논설 등을 발표함.

■ 1908년(17세)······ 명치학원의 급우 산기준부(山岐俊父)의 권유로 톨스토이에 심취함. 홍명희의 소개로 당시 19세이던 육당(六堂) 최남선(崔南善)을 알게 됨. 11월 28일, 민충정공 추도회에서 찬조금을 받아『대한유학생회학보』(편집인은 최남선) 제1호를 발간하였는데, 이때 춘원이 찬조함. 이 해 처음으로 춘원의 글이『태극학보』에 활자화됨. 명치학원에서 신입생을 위해 어학과를 설립하자 여가시간에 일어와 영어를 교습함.

■ 1909년(18세)······ 신체시 〈우리 영웅〉을『소년』지에 발표함. 홍명희의 권유로 바이런의 시를 읽으며 자연주의 문예사조에 심취함. 일어로 쓴 단편 〈사랑인가〉를 명치학원 동창회보『백금학보(白金學報)』제19호에 발표함으로써 유학생계에서 차츰 이름이 알려지기 시작함.

■ 1910년(19세)……3월에 명치학원 보통부 5학년을 졸업함. 제일 고등학교에 합격하였으나 조부 위급 전보를 받고 귀국함. 정주 오산(五山)학교 교주 남강(南岡) 이승훈(李承薰)의 초청으로 오산학교 교원이 됨. 조부 이건규(李建圭)가 별세함. 7월에 백혜순(白惠順)과 결혼함. 이 해에 단편 〈어린 희생〉을 『소년』지에 발표함. 신소설 단편 〈무정〉을 『대한흥학보』지에 발표함. 그가 심취했던 톨스토이가 죽자 오산학교 학생과 추도회를 가짐.

■ 1911년(20세)……1월에 105인 사건으로 남강 이승훈이 구속되자 학감으로 취임함.

■ 1912년(21세)……톨스토이를 애독하고 학생들에게 생물진화론을 강설하다 교회와 대립을 빚음.

■ 1913년(22세)……2월에 《검둥의 설움》을 신문관에서 간행함. 오산교회 로버트 목사에 의해 배척을 받음. 세계여행을 목적으로 오산을 떠나 한국 · 만주 국경을 넘음. 안동현에서 정인보(鄭寅普)를 만나 상해로 건너감. 상해에서 홍명희 · 문일평 · 조용은 · 송상순 · 신성모(申性模) 등과 교유함.

■ 1914년(23세)……신규식(申圭植)의 추천으로 샌프란시스코의 『신한민보(新韓民報)』의 주필 임무를 맡고 블라디보스토크와 시베리아를 거쳐 미국으로 향했으나, 여비 부족 및 제1차 세계대전의 발발로 8월에 귀국함. 오산학교에서 다시 교편을 잡음. 이때 최남선 주재로 창간된 『청춘(靑春)』지에 참여함.

■ 1915년(24세)……장남 진근(震根)이 태어남. 5월에 인촌(仁村) 김성수(金性洙)의 후원으로 다시 일본으로 건너감. 와세다 대학 고

등예과에 편입함. 김병로 · 전영택 · 신석우 등과 교유함.

■ 1916년(25세) ······ 와세다 대학 고등예과를 수료한 후 와세다 대
학 문학부 철학과에 입학함. 9월에 〈동경잡신(東京雜信)〉을 『매일
신보(每日申報)』에 연재하면서 계속 계몽적인 논설을 발표하여 문
명(文名)을 떨침. 『매일신보』로부터 신년소설(장편)을 쓰라는 청탁
을 받고 구고(舊稿) 중에 '박영채'에 관한 부분을 정리하여 〈무정〉
이라고 함. 이것은 신문학사상 획기적인 일이었음.

■ 1917년(26세) ······ 『매일신보』에 연재하던 〈무정〉을 6월에 끝냄.
와세다 대학 철학과에서 특대생으로 진급함. 유학생회에서 허영숙
(許英肅)과 교제함. 심한 과로로 폐병에 걸림. 『청춘』지에 몇몇 단
편들을 발표함으로써 근대소설을 개척함. 『학지광』 편집위원이 됨.
〈소년의 비애〉, 〈어린 벗에게〉 등을 발표함. 11월에 두 번째 장편
소설 〈개척자〉를 『매일신보』에 연재하기 시작함.

■ 1918년(27세) ······ 폐병이 재발하여 허영숙의 헌신적인 간호를 받
음. 철학과 3학년에 우등으로 진급함. 단편 〈방황〉, 〈윤광호〉(『청
춘』) 등을 비롯해 한국의 봉건적인 사회 윤리를 비판하는 논설을
발표함. 9월에 한국의 전통적인 부조(父祖) 중심의 가족제도와 봉
건적인 사회윤리를 비판하는 〈신생활론〉을 『매일신보』에 연재함.
백혜순과 이혼에 합의하고 10월에 귀국한 후, 북경으로 허영숙과
애정 도피를 함. 12월에 '조선청년독립단'에 가담함.

■ 1919년(28세) ······ 2월에 '조선청년독립단 선언서(2 · 8 독립선
언서)'를 기초하고 이를 본국으로 전함. 그 선언서를 영역(英譯)하
여 해외에 배포하는 책임을 맡고 상해로 망명하여 '신한청년당'의

조직에 가담함. 도산(島山) 안창호의 흥사단(興士團) 이념에 감명을 받고 그의 민족운동에 크게 공감함. 3 · 1 운동이 일어남. 조동우 · 주요한의 도움으로 임시정부 기관지 독립신문사의 사장 겸 편집국장에 취임함. 잡지 『창조(創造)』 2호 동인이 됨.

■ 1920년(29세) …… 4월에 흥사단에 입단함. 안창호와 흥사단원 모집에 심혈을 기울임. 사료편찬위원회의 해산 및 『독립신문』의 운영난으로 장래에 대해 고민함.

■ 1921년(30세) …… 2월에 허영숙이 상해로 건너옴. 3월에 상해를 떠나 4월에 귀국, 일경에 체포되었다가 불기소 석방됨. 김억의 소개로 염상섭을 만남. 5월에 허영숙과 정식으로 결혼함. 11월에 『개벽(開闢)』에 발표한 논문 〈소년에게〉가 출판법 위반으로 걸려 종로경찰서에 연행됨. 〈민족개조론〉을 집필함. 종형제 이학수(李學洙)가 불문으로 출가함.

■ 1922년(31세) …… 2월에 상해에서 귀국한 동지들과 '수양동맹회(修養同盟會)'를 발기함. 논문 〈민족개조론〉을 『개벽』지에 발표하여 필화(筆禍)를 맞음. 종학원(宗學院)에 교사로 초빙되어 윤리학 · 철학 · 심리학 · 종교철학 · 논리학 등을 강의함. 9월에 경성 · 경신 학교 등에서 영어를 강의함. 운허(耘虛) 이학수를 만나 법화경에 심취하는 인연을 맺음. 『백조(白鳥)』지 동인이 됨.

■ 1923년(32세) …… 5월에 송진우 · 김성수 등의 권유로 동아일보사에 입사, 객원으로 논설을 발표함. 금강산 일대를 순례하고 유점사에서 이학수를 만남. 12월에 〈허생전〉을 『동아일보』에 연재함. 장편 〈선도자〉를 『동아일보』에 연재하는 도중 총독부의 간섭으로

중단함.

■ 1924년(33세)······ 1월에 『동아일보』에 연재하던 사설 〈민족적 경륜〉이 물의를 빚어 일시 퇴사함. 4월에 북경에 있는 안창호를 비밀리에 만나 그의 담론을 필기해 옴. 8월에 김동인·김소월·김안서·전영택·주요한 등과 함께 『영대(靈臺)』지 동인이 됨. 10월에 방인근(方仁根)이 출자한 『조선문단(朝鮮文壇)』을 주재함. 장편 〈재생〉을 『동아일보』에 연재함. 《금강산 유기》를 간행함.

■ 1925년(34세)······ 1월에 지난해 안창호와의 북경 회동에서 필사해 온 논설을 정리하여 『동아일보』에 연재하다 당국에 의해 게재 금지당함. 2월에 과로로 병을 얻음. 3월에 척추 카리에스로 한쪽 갈빗대를 도려내는 수술을 받음. 7월에 병든 몸으로도 〈재생〉 연재를 계속함. 신병으로 『조선문단』의 주재를 사퇴함. 9월에 〈일설 춘향전〉을 『동아일보』에 연재함. 10월에 안창호의 지시로 '수양동맹회'와 '동우구락부'의 합동을 교섭하여 '수양동우회'로 발족시키는 데 힘씀. 장편 〈재생〉의 연재를 마침.

■ 1926년(35세)······ 1월에 양주동과 문학관에 관하여 처음으로 지상(紙上) 논쟁을 벌임. '수양동우회'가 발족함. 5월에 주요한과 잡지 『동광(東光)』을 창간함. 장편 〈마의태자〉를 『동아일보』에 연재함. 안창호의 논설을 '산옹'이란 필명으로 『동광』지에 발표함. 11월에 동아일보사 편집국장에 취임함.

■ 1927년(36세)······ 1월에 숙환이 재발하여 반년간 고생함. 5월에 차남 봉근(鳳根)이 태어남. 요양차 신천과 안악 등지에 거처함. 9월에 신병으로 동아일보사 편집국장을 사임하고 고문으로 전임함.

《춘원단편집》을 간행함.

■ 1928년(37세)……1월에 경성의전 병원에서 퇴원함. 병상(病床) 수필 〈병창어(病窓語)〉를 집필함. 11월에 〈단종애사〉를 『동아일보』에 연재함. 박문서관에서 장편 《마의태자》를 간행함.

■ 1929년(38세)……5월에 신장결핵으로 입원하여 왼쪽 신장제거 수술을 받음. 9월에 삼남 영근(榮根)이 태어남. 12월에 〈단종애사〉 연재를 마침. 동아일보사 편집국장에 복직함. 삼천리사에서 《3인 시가집》(이광수 · 주요한 · 김동환)을 간행함. 한성도서에서 장편 《일설 춘향전》을 간행함.

■ 1930년(39세)……〈군상〉 3부작인 〈혁명가의 아내〉, 〈사랑의 다각형〉, 〈삼봉이네 집〉을 『동아일보』에 연재함. 5월에 이충무공 유적순례의 길을 떠남. 단편 〈처 1〉을 발표함. 영화소설 〈정의는 이긴다〉를 『동아일보』에 소개함.

■ 1931년(40세)……문학관에 대한 양주동과의 논쟁 이후 처음으로 자신의 작가적 태도를 밝힘. 3월에 이갑(李甲)을 모델로 한 〈무명 씨전〉을 『동광』지에 연재하다가 6월에 당국의 저지로 중단함. 장편 〈이순신〉을 『동아일보』에 연재함. 임종을 맞은 최서해를 찾아봄.

■ 1932년(41세)……4월에 농촌 계몽문학의 대표작 〈흙〉을 『동아일보』에 연재함. 6월에 안창호가 상해에서 서울로 호송됨을 보고 크게 낙담함. 서대문 형무소로 도산을 자주 면회감.

■ 1933년(42세)……주요한과 〈동광총서〉를 편찬함. 번양 · 안산 · 대련 등 남만주를 주유(周遊)함. 8월에 주요한 등의 권유로 동아일보사를 사임하고 조선일보사 부사장에 취임함. 장녀 정란(廷

蘭)이 태어남. 장편 〈유정〉을 『조선일보』에 연재함.

■ 1934년(43세)……장편 〈그 여자의 일생〉을 『조선일보』에 발표
함. 2월에 차남 봉근을 패혈증으로 잃고 크게 상심함. 5월에 조선
일보사를 사임하고 내금강을 주유함. 자하문 밖 홍지동에 산장을
짓고 칩거하면서 〈법화경〉의 번역에 착수함.

■ 1935년(44세)……1월에 차녀 정화(廷華)가 태어남. 2월에 안창
호가 가출옥하자, 9월에 안창호와 함께 개성 만월대, 박연폭포 등
지를 주유함. 조선일보사에 편집고문으로 재입사함. 장편 〈이차돈
의 사〉를 『조선일보』에 발표함. 박정호(朴定鎬)를 문하생으로서 산
장에 둠.

■ 1936년(45세)……서울 가회동의 땅과 판권 등을 팔아 효자동에
'허영숙산원'을 신축함. 5월에 가족을 만나러 일본으로 건너갔다가
일본 작가들과 교유함. 조선서관에서 《이광수 · 김동인 소설집》을
간행함. 장편 〈애욕의 피안〉과 〈그의 자서전〉을 『조선일보』에 연재
함. 단 하나 남아 있던 누이동생이 만주에서 죽음.

■ 1937년(46세)…… '수양동우회' 사정을 상의하기 위해 안창호를
방문함. 6월에 '수양동우회' 사건으로 김윤경 · 박현환 · 신윤국 등
과 함께 종로경찰서에 유치됨. 이 사건으로 서대문 형무소에 수감
됨. 노작(勞作) 〈법화경〉의 번역을 일제에 압수당함. 12월에 병보
석으로 출감하여 경성의전 병원에 입원함. 검거되어 서울로 호송된
안창호도 사경(死境) 속에 출감되어 경성의전 병원에 입원함.

■ 1938년(47세)……1월에 병상에서 시작(詩作)으로 소일함. 3월
에 병상에서 안창호의 서거 소식을 접하고 통탄함. 6월에 '수양동

우회' 사건으로 심문받음. 단편 〈무명〉과 전작 장편 〈사랑〉의 집필
에 착수하고 박정호로 하여금 구술로써 집필케 함. 병원생활 8개월
만에 산장으로 퇴원함.

■ 1939년(48세)······ 2월에 단편 〈무명〉을 『문장(文章)』지에 발표
함. 문하에 있던 박정호를 만주로 보냄. 홍지동 산장을 팔고 효자
동으로 이사함. 5월에 전작 〈세종대왕〉의 집필에 착수함. 6월에 김
동인 · 박영희 · 임학수 등과 소위 '북지황군위문'에 협력함으로써
친일행위의 제일보를 내디딤. 7월에 단편 〈꿈〉을 『문장(文章)』에
발표함. 〈무정〉이 영화화됨. 9월에 〈육장기〉를 『문장(文章)』에 발표
함. 12월에 '수양동우회' 사건으로 1심에서 7년의 구형을 받았으
나 무죄 선고됨. 그러나 검사가 당일로 항소함. 친일 문학단체 '조
선문인협회'의 회장으로 피임됨. 박문서관에서 《이광수 단편집》을
간행함.

■ 1940년(49세)······ 1월에 부인과 아이들이 병을 얻고, 경제적 곤
란을 심하게 받음. 형사사건에 관련중임을 구실삼아 '조선문인협
회'를 탈퇴함. 3월에 향산광랑(香山光郞)으로 창씨개명을 함. 《세
종대왕》을 간행함. 8월에 '수양동우회' 사건 2심에서 최고형인 5
년 징역을 받음. 피고 전원이 불복 상고함. 10월에 조선총독부로부
터 〈흙〉, 〈무정〉 등이 저작 재검열을 받고 발매 금지당함. 단편 〈난
제오〉, 〈옥수수〉, 〈김씨 부인전〉 등을 발표함.

■ 1941년(50세)······ 11월에 4년 5개월에 걸친 '수양동우회' 사건
이 경성고등법원의 상고심에서 전원 무죄 판결을 받음. 장편 〈원효
대사〉 집필에 착수함. 12월에 일본의 진주만 공격으로 태평양전쟁

이 발발하자 각지를 순회하며 친일적 연설을 함.

■ 1942년(51세)……3월에 장편 〈원효대사〉를 『매일신보』에 연재하기 시작하여 10월에 끝냄. 11월에 동경에서 열린 제1회 대동아문학자대회에 유진오 · 박영희와 함께 참가함.

■ 1943년(52세)……4월에 '조선문인보국회' 이사로 취임함. 손녀 정자(靜子)가 태어남. 〈징병제도의 감격과 용의〉, 〈학도여〉 등의 글을 쓰며 학도병 지원을 권장함. 12월에 이성근 · 최남선과 함께 조선인 학생의 학병 권유차 동경을 다녀옴.

■ 1944년(53세)……3월에 경기도 양주군 진건면 사능리 520번지에 집을 짓고 만주에서 귀국한 제자 박정호와 함께 농사를 지음. 8월에 중국 남경에서 열린 제3회 대동아문학자대회에 김팔봉(金八峰)과 함께 참가함. 11월에 이전의 저작들 전부가 조선총독부에 의해 압수, 발간 정지됨.

■ 1945년(54세)……사능리에서 8 · 15 해방을 맞음. 부인 허영숙의 피신 종용을 일축함. 9월에 부인이 두 딸만을 데리고 상경하자, 춘원은 사능에 계속 칩거하며 독서와 농사일로 소일함.

■ 1946년(55세)……1월에 돌베개를 베어 온 탓에 안면 신경마비와 고혈압으로 고생함. 5월에 가족 및 재산 보호를 목적으로 허영숙과 합의 이혼함. 9월에 수도생활을 목적으로 종형제인 운허 이학수를 찾아 양주 봉선사로 들어감. 광동중학교에서 영어와 작문을 가르침. 〈산중일기〉와 〈죽은 새〉를 집필함.

■ 1947년(56세)……1월에 홍사단의 요청으로 다시 사능으로 와서 전기 〈도산 안창호〉의 집필에 착수함. 6월에 수필 〈제비집〉, 〈나는

바쁘다〉를 집필함. 농사를 짓는 틈틈이 〈돌베개〉 등의 수필을 쓰면서 자전소설 〈나 · 소년편〉을 집필함.

■ 1948년(57세)……〈돌베개〉 서시를 비롯해 시작(詩作)과 독서로 소일함. 수필집 《돌베개》를 간행함. 8월에 자전 고백기 〈나의 고백〉을 집필하기 시작함. 9월에 친지와 가족의 권유로 사능을 떠나 효자동 집으로 돌아옴.

■ 1949년(58세)…… 2월에 국회에서 제정된 반민족행위처벌법에 걸려 육당 최남선과 함께 서대문 형무소에 수감됨. 사능 농민 300여 명이 석방을 요구하며 진정함. 병보석으로 출감한 이후 3월부터 두문불출하며 시작(詩作)을 함. 이때 이상협의 청탁으로 전작 〈사랑의 동명왕〉 및 〈운명〉을 집필하기 시작함. 8월에 반민특위의 불기소로 자유로운 몸이 됨.

■ 1950년(59세)…… 1월에 장편 〈서울〉을 『태양신문』에 연재함(미완). 3월에 유작 〈운명〉을 집필함. 6월에 고혈압과 폐렴으로 다시 병석에 누운 채로 6 · 25 전쟁을 겪음. 7월에 효자동 집이 공산군에게 차압됨. 내무서로 끌려가 심문을 받음. 7월 12일 공산군에게 납북됨.

■ 1952년…… 차녀 정화가 〈아버님 춘원〉을 집필함.

■ 1953년…… 영창서관에서 《춘원선집》이 간행됨.

■ 1954년…… 미완성 유작 〈운명〉이 『새벽』에 연재됨.

■ 1955년…… 납북중에 있던 춘원이 북한에의 협력을 거부하다가 북경 병원에서 사망하였다는 풍문이 나돎. 차녀 정화의 《아버님 춘원》이 간행됨.

■ 1956년······ 허영숙 여사가 광영사(光英社)라는 이름으로 《춘원선집》을 간행함.

■ 1957년······ 사상계사에서 '육당 · 춘원의 밤'을 개최함.

■ 1962년······ 전기 《춘원 이광수》가 간행됨. 삼중당에서 《이광수 전집》 전 20권이 간행됨.

■ 1963년······ 《이광수 전집》 완간 출판기념회 및 기념강연회가 개최됨.

■ 1968년······ 《이광수 대표작 선집》 전 12권이 간행됨.

■ 1969년······ 한국문학연구원에서 '춘원 이광수 유품전'을 개최함. 국제펜클럽 한국본부에서 단편 〈무명〉을 노벨문학상 후보작으로 추천함.

■ 1975년······ 허영숙 여사가 80세를 일기로 별세함.

■ 1976년······ 주요한 글에 김기승 글씨로 '춘원 이광수 기념비'가 경기도 양주군 봉선사 동구에 건립됨.

■ 1979년······ 우신사에서 새 선집 《이광수 전집》 전 10권이 간행됨.

■ 1990년······ 삼남 영근이 춘원의 최후 행적을 추적코자 중국 흑룡강성 목단강시를 비롯해 연변, 북경 등지를 방문함.

■ 1991년······ 삼남 영근이 평양을 방문하여 삼석구역 원신리 공동묘지에서 춘원의 묘를 찾아냄. 춘원은 1950년 당시 납북되어 평양 감옥에 수용되었다가 강계로 후퇴하던 중, 지병인 폐결핵과 동상의 악화로 그해 12월 초에 만포 인민군병원에서 사망했다고 전해지나 자세한 내용은 알 수가 없다.

소년의 비애

▌2009년 12월 7일 발행

▌지은이_ 이광수
▌펴낸이_ 박준기
▌펴낸곳_ 도서출판 맑은소리
▌주소_ 서울시 금천구 가산동 550-1 롯데 IT캐슬 2동 1206호
▌전화_ 02-857-1488
▌팩스_ 02-867-1484
▌등록_ 제10-618호(1991.9.18)

▌ISBN 978-89-7952-111-5 03810